풍류의 샅바

풍류의 삼바

구활 수필집

눈빛

책머리에

풍류에 집착한 지가 꽤 오래되었다. 청백리로 칭송받았던 옛 선비들은 벼슬을 했어도 가난을 면치 못했다. 뇌물을 밝히지 않았기 때문이다. 그들은 빈한한 가운데서도 마음만은 부자인 풍류적 삶을 살았다.

그런 선비들을 닮고 싶어 그들이 쓴 시·산문·가사·서간을 뒤져보다가 혼자 읽고 지나치기엔 너무 아까워 글을 쓰기 시작했다. 이른바 풍류로 빚은 첫 책이 『바람에 부치는 편지』(눈빛, 2007)였고, 이 책이 두 번째인 셈이다.

풍류의 세 가지 요소는 시·주·색(詩·酒·色)이며, 그 배경은 풍·월·수(風·月·水)로 요약된다. 아무리 생활이 곤궁했어도 시와 술은 함께 다녔으며 술 뒤엔 해어화(解語花)로 부르던 기생이 빠질 수 없는 존재였다. 풍류는 아무 곳에서나 일지 않는다. 바람 부는 정자, 달 밝은 강, 물이 흘러가는 계곡 등이 풍류의 산실이 되는 셈이다.

정조 때 사람 임희지는 손바닥만한 집에서 살았다. 그렇지만 여

옆집 두 채를 사고도 남을 옥으로 만든 붓걸이를 가질 정도로 검소한 가운데도 사치를 부릴 줄 알았다. 그는 마당 한구석에 작은 연못을 파고 쌀뜨물을 부어 물을 채웠다. 물빛 탁한 호수에는 달이 잘 빠지지 않는 법이지만 풍류객 임희지는 거기서 달구경을 했다. 이것이 풍류의 진수다.

양나라 도홍경이란 선비는 벼슬에 뜻을 두지 않고 술이 좋아 산속에 숨어 살았다. 임금이 그를 불러 "산속에 무엇이 있느냐"라고 물었다. "고개 위에 흰 구름 많지요. 혼자 즐길 수는 있어도 임금님께 갖다 드릴 수는 없지요"라고 했다. 다음 임금도 벼슬을 주려 했지만 나아가지 않았다. 그는 술독과 함께 살다 죽었다.

"풍류는 혼자 누리되 다만 꽃과 새의 동참은 허용한다. 거기에다 안개와 노을이 찾아와 공양을 한다면 그건 받을 만하다. 세상일 다 잊을 수 있지만 여태 담담할 수 없는 건 좋은 술 석 잔이다." 청나라 장조가 한 말이다.

내 친구 도광의는 그의 세 번째 시집 『하양의 강물』에서 "유년의 풀밭이 어제인데 고희를 넘었다. 그림자 밟고 다닐 날도 얼마 남지 않았다"라고 했다. 나도 땅 딛고 서 있는 그날까지 풍류의 샅바를 잡고 씨름해 볼 작정이다.

2012. 11.

구활

6

차례

책머리에 5

1.

Koo活

소리 향연

'보이지 않는 것은 보이는 것의 위에 있다'는 말은 맞는 말인가. 불가에서 흔히 말하는 이 말은 참말일 수도 있고 그렇지 않을 수도 있다. 선문답이나 화두 같기도 한 '보임'과 '안 보임'의 문제는 오랜 수행을 거치지 않으면 결론에 이르지 못한다. 현상을 중시한다면 보이는 것이 우선이지만 정신을 소중히 생각한다면 보이지 않는 것이 세상을 지배한다고 보아야 하지 않을까.

그러면 보이는 것과 들리는 것은 어느 것이 우위에 있을까. 사람의 몸이 일천 냥이라면 눈이 팔백 냥쯤 된다고 한다. 보이는 것이 단연 으뜸일 수 있다. 그렇다고 눈이 소리를 감지하는 귀를 깔보면 안 된다. 태초에도 소리가 먼저 빛을 불러와 낮과 밤을 구분했다고 창세기 서두에 소상하게 씌어져 있다. 눈은 안과라는 단과반의 단일 품목이지만 귀는 이비인후과란 복합반의 선두주자다.

『능엄경』을 보면 눈은 팔백 가지 공덕을 갖고 있지만 귀는 일천이백 가지 공덕을 지니고 있다고 기록되어 있다. 등 뒤에서 들리는 소리를 귀는 제자리에서 알아차릴 수 있지만 눈은 돌아보아야 겨우 볼 수 있다. '듣도 보도 못했다'는 말의 순서를 보면 누가 형인지 동생인지를 금방 알 수 있다.

소리를 듣는 귀는 역시 귀물(貴物)이다. 귀는 이비인후과의 반장답게 코가 담당하고 있는 냄새까지 자신이 관장할 때도 있다. 정좌난문향(靜坐蘭聞香). '조용히 앉아 난초 향기를 듣는다'는 옛 선비의 말씀은 귀가 누리고 있는 지고지순의 경지를 쉽게 설명한 것이다. 어떻게 무슨 보청기를 달았길래 향기를 귀로 듣는단 말인가.

오감을 대표할 만한 귀의 신경조직은 우리 몸 전체에 퍼져 있는 것은 혹시 아닐까. 그러니까 몸이 바로 귀라고 말하면 틀린 표현일까. 아니야. 영 틀린 말은 아닐 거야. 노르웨이의 표현주의 작가인 에드바르드 뭉크가 그린 걸작 〈절규〉란 작품을 난초향을 듣는 마음가짐으로 보고 있으면 온몸에 소름이 돋으면서 정말 공포의 절규가 하늘을 뚫고 날아와 심장에 박히는 것 같다. 이때 들리는 절규는 귀가 아닌 온몸을 통해 들린다.

몸을 통해 전달되는 소리는 반드시 전율을 일으킨다. 몸이 알아채는 전율은 바로 오르가슴이다. 아름다움의 극치다. 귀가 듣는 음은 소리의 단위인 데시벨로 측정할 수 있고, 눈이 감지하는 빛은 밝음의 단위인 칸델라로 기록할 수 있다. 그러나 몸이 듣는 소리는 높은음자리거나 낮은음자리거나 아무 상관이 없다. 전율이 일 때 돋는 소름의 단위로 측정할 수밖에 다른 도리가 없다.

귀는 아름다운 소리만 듣기 좋아하는 편청주의자는 아니다. 뭉크의 그림 〈절규〉를 보고 있으면 귀를 틀어막아야 할 정도의 시끄러운 소리가 들리는 것 같지만 그 속에는 원초적인 갈구와 애원이 배어 있다. 그 그림을 보고 나면 산정에서 마음껏 고함을 지른 것처럼 시원하고 후련하다. 그런 은혜로운 감동의 터널을 빠져나오는 데는 적어도 한 며칠은 걸려야 한다.

나는 여태까지 소리 중에서도 그리움을 대표하는 예리성(曳履聲, 신발 끄는 소리)이나 애내성(欸乃聲, 노 젓는 뱃소리) 같은 지극히 감성적인 것들만 좋아하고 사랑해 왔다. 바닷가 암자의 구석방에서 듣는 해조음은 얼마나 아름다우며 떡갈나무 낙엽 위에 '후두둑' 하고 떨어지는 빗방울 소리는 또 어떤가. 어디 그뿐인가. 낚시바늘에 매달려 앙탈을 부리는 붕어의 물장구 소리는 어떻고, 술독에서 '뽀그륵' 하며 자지러지는 술 익는 소리는 비발디의 〈사계〉를 한 소절로 줄여 놓은 소리보다 훨씬 더 아름답다.

클래식을 전공하는 음악가들도 더러는 루이 암스트롱의 〈왓 어 원더풀 월드〉와 같은 쉰 목소리의 재즈 음악을 듣는다고 한다. 그러니 아름다운 낮은음자리의 소리만을 찾아다닌 내게 뭉크의 〈절규〉는 새로운 각성이었다. 화집을 뒤적이다 뭉크의 〈절규〉를 만날 때는 오장육부가 확 뒤집어지면서 귀·눈·코 등 구멍마다 소리가 튀어나올 것 같은 낯선 소리의 향연은 참으로 흥미롭다. 내 의식 속에 차려져 있는 소리 만찬이란 밥상 위에 〈절규〉라는 새로운 메뉴가 추가되었으니 나는 정말 행복하다.

조선조 정조 때 다산이 한창 젊었던 시절, 친구들과 얼려 '죽란시 사'란 모임을 만들었다. 그들은 가을철 이른 아침에 연꽃 필 때 들리는 소리를 듣기 위해 서대문 옆 서련지 연밭에 조각배를 띄워 두었던 적이 있었다. 뭉크와 내가 좀더 일찍 태어나 연꽃 만나러 가는, 바람과 같은 그 선비들과 조우할 수 있었더라면 참 좋았을 것을. 꽃잎에 맺힌 이슬을 마음속 가장 깊은 곳에 떨어뜨리는 듯한 청개화성(聽開花聲)을 즐기는 그들에게, 〈절규〉에서 울려오는 코러스 같은 그 장엄한 소리를 들려줄 수 있었을 텐데.

연꽃 필 때 들리는 소리나 〈절규〉에서 들리는 소리나 모두 마음의 귀(心耳)로 들어야 하는 심오한 소리지만 따지고 보면 그게 그거지 뭐, 별것 아니야.

바람처럼

사이버 공간에서 내 이름은 '팔할이 바람'이다. 미당 서정주 선생의 초기 시 〈자화상〉에 나오는 "나를 키운 건 팔할이 바람이다"에서 따온 것이다. 이름을 이렇게 정하고 나니 몸도 마음도 한결 자유스러워졌고 생각까지도 느슨해져 살기가 아주 편해졌다.

나는 여태까지 살아오면서 아버지가 지어 준 이름 외에 나를 표시하는 기호나 어떤 재고번호도 갖고 있지 않다. 그러니까 이름 외에 호(號)나 자(字)나 별명이 없다는 얘기다. 젊은 시절 한국화가 소산(小山) 박대성이 함산(含山)이란 호를 지어 그럴듯하게 작호화를 그려 준 적도 있지만 한 번도 사용한 적은 없다. 나는 호를 가질 만한 깜냥이 되지 않을뿐더러 이름 외에 다른 무엇을 쓴다는 게 썩 마음이 내키지 않았다.

은퇴 후 컴퓨터를 만지면서 새로운 이름을 무한 공간에 올리고 보니 무주택자가 처음으로 집을 장만하여 대문 옆에 문패를 거는 그런 기분이었다. 그래서 '팔할이 바람'이란 이름처럼 생활에는 이할쯤 할

애하고, 나머지 팔할은 바람에 투자하여 더 많은 여유를 갖기로 스스로 다짐하며 오늘에 이르렀다. 그러고 보니 요즘 돌아올 날짜를 정하지 않고 곧잘 떠나는 여행과 산행도 모두 바람이란 이름 덕분이다.

최근 어느 보고서는 은퇴 후 죽을 때까지 그런대로 행세하며 궁색하지 않게 살려면 팔억여 원의 여윳돈이 있어야 한다고 발표했다. 나는 신문에 난 기사를 보고 웃었다. 어떻게 해야 행세를 하는 것이며 궁색하지 않은 삶이란 게 어떤 것인지 그것이 우선 궁금했다. 돈은 다다익선, 많을수록 좋은 것이긴 하지만 팔억여 원의 돈을 쌓아 둔다는 게 어디 쉬운 일인가. 민중의 심층에 발을 디뎌 보지 못한 돈 많은 사람들을 염두에 두고 쓴 보고서는 이렇게 서민들의 허파만 뒤집어 놓을 뿐이다.

조선조 중종 때 깨끗하게 살다 간 선비 사재(思齋) 김정국은 청빈한 삶 속에서 진정한 만족을 느꼈다. 그는 한때 팔여(八餘)라는 아호를 쓰면서 곤궁한 가운데 '여덟 가지 넉넉함'을 즐기며 살았다. 기묘사화 때 훈구대신들에게 축출당한 사재는 경기도 고양군 망동리에 은휴정(恩休亭)이란 정자를 지어 책을 읽으며 세월을 보냈다. 정자 이름도 '임금님의 은혜 덕분에 쉰다'는 뜻으로 자신에게 닥친 불행을 원망하지 않았다. 어느 날 친구가 새로 지은 호의 뜻을 물어와 그는 이렇게 답했다.

토란국과 보리밥을 배불리 먹고, 따뜻한 온돌방 부들자리에서 잠을 넉넉하게 자고, 맑은 샘물을 실컷 마시고, 서가의 책을 항상 보고, 봄에는 꽃을 가을에는 달빛을 넉넉하게 감상하고, 새소리와 솔바람 소리를 넉넉하게 듣고, 눈 속의 매화와 서리 맞은 국화향을 넉넉하게 맡는다네. 이 일곱 가지를 넉넉하게 즐기기에 팔여라고 했다네.

나는 이 글을 읽는 순간, 팔여 선생이 생전에 계시던 은휴정이 서 있었던 북쪽을 향해 두어 번 큰절을 올리고 싶은 마음이 간절했다. 그런데 팔여의 뜻을 물어 온 친구 또한 보통내기가 아니다. "이 세상에는 자네와 반대로 사는 사람도 많다네" 하고 팔부족(八不足)의 변을 늘어놓는다.

진수성찬 배불리 먹고도 부족하고, 비단 병풍 치고 잠을 자도 부족하고, 이름난 술 마셔도, 좋은 그림 실컷 보고도, 아리따운 기생과 새벽까지 놀고도, 좋은 음악을 들어도, 희귀한 향을 맡아도 부족하다네. 이 일곱 가지 부족한 것이 있다고 그 부족함을 걱정하더군. 그래서 팔부족이라네.

팔여 선생은 조정에서 다시 전라도 관찰사로 부를 때까지 20여 년 동안을 이곳 망동리에 살며 팔여를 넉넉하게 즐기며 후진들을 양성했다. 만년에 부자로 사는 친구가 죽음을 앞에 두고서도 '탐욕스럽게 재물을 모은다'는 소식을 듣고 그에게 이런 편지를 보냈다.

그대는 나보다 백배나 넉넉한데 아직도 재물을 모으는가. 나는 책 한 시렁, 거문고 하나, 벗 한 사람, 신 한 켤레, 베개 하나, 바람 통하는 창문 하나, 햇볕 쪼일 툇마루 하나, 차 달일 화로 하나, 짚을 지팡이 하나, 봄 경치 즐길 나귀 한 마리면 충분하네. 늙은 날을 보내는데 이외에 뭐가 필요하겠나.

저승 문턱에서도 재물 모으기에 급급한 친구에게 띄운 편지가 오백 년 뒤에 태어나 이렇게 백수로 살고 있는 나의 손에 뒤늦게 도착하여 이렇게 큰 깨달음을 주다니 참으로 고맙고 한편으론 크게 부끄러운 일이다.

늦었지만 마음속에 팔여 선생을 기리는 사당 하나를 지어 문간에 배롱나무와 매화나무 한 그루씩을 심고 싶다. 그러고는 아침저녁으로 문안드리며 여덟 가지 넉넉하게 사는 법과 늘그막에 지녀야 할 열 가지 재물들을 입이 닳도록 외워야겠다. '팔할이 바람'이 정말 바람처럼 살려면 한 분 스승과 경전 하나쯤은 반드시 필요할 것 같아서.

색주시공色酒詩空

낮에 느끼는 에로티시즘은 시각적이고 밤에 느끼는 그것은 다분히 촉각적이다. 맞는 말이다. 낮에는 보이는 눈이 먼저 작전을 꾸미고, 밤에는 더듬이짓을 곧잘 하는 손이 임무를 수행한다. "여자를 보고 음욕을 품는 자마다 마음에 이미 간음하였느니라"라는 『성경』 구절도 눈을 경계하는 낮의 말씀이지, 밤의 에로스를 이야기한 것은 아니다. 이 구절에 이어 "네 오른 눈이 너로 실족케 하거든 빼어 내버리라. 또 오른손이 그러거든 찍어 내버리라"라고 재차 경고하고 있다. 하루에도 여러 번씩 마음속으로 간음을 하거늘 '빼어 버리고 찍어 내버리라' 했으니 어떡하면 좋아요. 하나님 아버지!

만일 그 말씀 그대로 실천했더라면 눈과 손을 제대로 갖고 있는 사람들은 아마 없을 것이다. 다만 낮의 에로티시즘에 시각적으로 미숙한 장님과 부모의 피임약 잘못 복용으로 손발 없이 태어난 기형아들이나 제대로 대접을 받았을까. 아마 그랬을 것이다.

여러 해 전부터 풍류에 천착해 오면서 그 근간이 무엇인지 곰곰 생각해 보았다. 결국 풍류는 시(詩)와 술(酒), 그리고 색(色)이라는 결론에 이르렀다. 선비들 중에서 설익은 풍류객들은 술에 빠져 학문적 일가를 이루지 못했거나 여자에 취해 패가망신한 경우가 허다했다. 그랬던 선비들은 제대로 된 시나 산문 한 편 남기지 못하고 요절했거나 살긴 명대로 살았어도 제값을 하지 못했다.

『어우야담』이란 책에 이런 이야기가 있다. 퇴계와 남명은 동년배로 생전에 단 한 번도 만난 적이 없지만 우스개 삼아 두 사람을 한자리에 불러 앉혀 이야기를 끌고 나간다. 퇴계가 먼저 입을 열었다. "술과 색은 남자가 좋아하는 것이지요. 술은 그나마 참기가 쉽지만 여색은 참기가 가장 어려운 것이지요. 송나라 시인 강절은 '여색은 사람에게 능히 즐거움을 느끼게 하네'라고 했는데 여색은 그처럼 참기가 어렵다는 뜻이 아니겠습니까. 여색에 대해 어떤 생각을 갖고 있는지요."

남명이 "나는 이미 전쟁터에서 진 장수나 다름없습니다. 묻지 않는 게 좋겠습니다" 하였다. 퇴계는 "젊었을 때는 참고자 해도 참기가 어려웠는데 중년 이후로는 꽤 참을 수가 있었으니 의지력이 생겼기 때문일 것입니다"라고 말했다.

옆자리에 앉아 있던 구봉 송익필이 그가 지은 시 한 편을 읽어 주었다. "옥 술잔에 아름다운 술은 전혀 그림자가 없지만 / 눈 같은 뺨에 엷은 노을은 살짝 흔적을 남기네 / 그림자가 없거나 흔적을 남기거나 모두 즐기는 것이지만 / 즐거움을 경계할 줄 알아서 주색에 은

혜를 남기지 마라." 남명이 "구봉의 시는 패장을 경계하기 위한 것이로군요"라고 말하자 모두 웃었다.

『성경』은 섹스 어필이란 낱말이 만들어지기 전에 쓰인 경전이다. 그렇지만 너무 가혹하다. 아름다운 여인을 보면 밭다리 후리기를 해서라도 넘어뜨려 보고 싶은 음심이 동하기 마련인데 '음욕을 품은 눈'을 빼 버리라고 했으니 해도 해도 너무하다는 생각이 든다. '성경 참여연대'라도 만들어 이미 눈과 팔을 잃은 장애우들과 함께 천당 가는 길목인 화장터 입구에서 피켓을 들고 시위라도 했으면 싶다.

섹스 어필은 아담과 이브가 에덴동산에 마주 섰을 때부터 있어 온 원초적 욕구이자 생식의 전 단계. 이성을 가슴에 품고 싶은 마음이 없으면 자손 번영은 기대할 수 없다. 이 세상을 『성경』이 가르치는 대로 음심으로 오염되지 않는 곳으로 만들려면 애초에 에덴동산에서 아담의 갈비뼈를 뽑아내지 않았어야 옳았다. 이건 순전히 하나님의 시행착오임이 분명하다.

오랜만에 집으로 돌아온 원양어선 선원이 "상부터 볼까요, 자리부터 볼까요"란 아내의 질문에 대한 답을 아시는 분들은 이 글 속의 이의 제기에 은근하게 동조하리라 믿는다. 예부터 밥보다 더 좋은게 여색이며, 숟가락 들 힘만 있어도 여자를 탐하는 게 남자의 생리 구조라고 한다. 그러니 아무리 패전 장수라 하더라도 전황이 급박해지면 녹슨 칼을 다시 차고 나설지 누가 알겠는가.

이익은 『성호사설』에서 이렇게 말했다. "정욕은 불과 같고 여색은 섶과 같다. 불이 장차 치성하려 하는데 색을 만나면 반드시 타오른다. 게다가 술이 열을 도와주니 그 힘을 어찌 누를 수 있겠는가.”
그러나 세 선비들은 ‘불도 불 나름, 섶도 섶 나름’이라며 점잔을 빼고 앉아 있었지만 속마음이 꼭 그런 것만은 아니었겠지.

내가 만약 그 시대에 태어나 선비들의 자리에 끼일 수 있었다면 술상 한번 근사하게 차려 내며 멋진 시 한 편을 낭송했을 텐데. 나는 늦은 출생에 원한이 많은 사람이다.

어느 먼 곳의 그리운 소식이기에 / 이 한밤 소리 없이 흩날리느뇨 / 처마 끝에 호롱불 여위어 가고 / 서글픈 옛 자취인 양 흰 눈이 내려 / 하이얀 입김 절로 가슴에 메어 / 마음 허공에 등불을 켜고 / 내 홀로 밤 깊어 뜰에 내리면 / 먼 곳에 여인의 옷 벗는 소리.
— 김광균의 시 「설야」의 부분

『반야심경』의 ‘색즉시공(色卽是空) 공즉시색’이나 풍류의 ‘시주색(詩酒色) 색주시’나 크게 다를 바 없다. 시(詩)가 여인(色)이 되고 색이 다시 말씀(詩)이 되듯 색(色)이 공(空)이 되고 텅 빔(空)이 꽉 참(色)이 되는 이 난해하고도 거룩한 원리! 하나님, 우리 모두의 눈과 팔을 거두어 가세요. 마하바라밀다심(空)을 외우다 비비디 바비디 부우(色)란 노래를 부르네.

음악이 흐르는 나의 사원

기억은 지문을 능가한다. 지문은 가지 않고 행하지 않은 곳에는 찍히지 않는다. 그러나 기억은 지문만큼 믿을 것이 못 된다. 가지 않았는데도 간 것처럼 착각을 일으킬 때도 있고, 행하지 않았는데도 행한 것처럼 우길 때가 있다. 이것을 심리학자들은 '착각 상관(Illusory Correlation)', 다시 말하면 마음이 만들어 낸 착각이라고 설명하고 있다. 이걸 기억의 갈피 속에 심기만 하면 거짓이 참이 되고 없었던 것이 있었던 것으로 바뀌기도 한다.

기억은 덧칠 선수다. 아름다웠던 옛일은 한껏 부풀리고 추한 과거는 물감을 두껍게 발라 지워 버리려 한다. 기억은 때론 소설처럼 지어내고 삭제와 수정을 통해 보완 내지 미화하려 한다. 그래서 기억은 원음과는 좀 다른 편곡한 음일 수도 있고, 편견에 의해 편집된 비슷한 영상물이거나 멜랑콜리한 감상이 빚어낸 추출물일 수도 있다.

나는 가끔씩 가 보지 못한 곳을 서성일 때가 있다. 그곳은 내가 가 보고 싶은 곳이다. 이런 의식의 방황은 아름다운 여행이 되기도 하고 더러는 누추한 영혼의 안식처가 되기도 한다. 몽골이 그렇다. 어느 날 걸출한 괴짜 명인 몇 사람이 몽골 여행을 다녀와 나를 좀 만나자고 했다. 그들은 예술가들로 각자 자기 분야에서 일가를 이루고 있는 기인에 가까운 사람들이다.

그들은 몽골 어느 교외의 뻥 뚫린 천장에서 쏟아지는 별빛 아래 게르(Ger, 천막)에서 하룻밤을 지내면서 우연히 고향 이야기를 했다고 한다. 그런데 어느 누가 "그 친구도 벌써 이곳을 다녀갔을 것이다"라고 운을 떼자 모두가 "아마 그럴 것이다"라고 동의했다고 한다. 그 친구가 바로 나라고 했다. 이날 찻집에서 만난 시인은 나의 몽골 여행을 기정사실화하고 "몇 년 전에 다녀왔느냐" 하고 물었다. 난감했다. 아직도 몽골은 나에게는 경험하지 못한 과거이거나 경험했던 오래된 미래일 뿐인데.

인터넷에 들어가면 '구름과 연어 혹은 우기의 여인숙'이란 블로그가 있다. 그곳에 들어가기만 하면 찌든 폐와 심장 그리고 내장까지 맑은 시냇물에 깨끗이 흔들어 씻어 제자리에 넣어 주는 것 같은 음악이 울려 나온다. 사막의 모래바람이 날리는 소리 같기도 하고 집시 여인이 머리를 풀고 기막힌 슬픔을 노래로 달래고 있는 것 같기도 한 그런 음악이다. 이 블로그의 주인 이용한 님은 체 게바라식 여행을 추구하는 '여행가동맹'의 지친 노마드로 자처하는 제대로 된 여행가다.

머릿속에 몽골이 떠오르기만 하면 이 노랫가락이 스산한 가을바람처럼 귓가를 스쳐 지나간다. 너무 허전하고 텅 빈 듯하여 절로 눈물이 나올 지경이다. '노래의 제목이 무엇일까. 가수는 몽골인일까. 어디서 이 노래를 구하지. 내가 몽골로 가야 하나.' 어느 날 헌책 가게에서 만난 티베트 명상음악이 이 노래와 비슷할 것 같아 들어 보지도 않고 샀지만 그건 여느 절간의 확성기에서 나오는 염불 소리와 다를 바 없었다.

꿈을 품으면 그 꿈이 이뤄진다길래 나도 작은 꿈 하나를 키우고 있다. 그것은 바로 몽골 유목민들의 거주 공간인 하얀 천막 하나를 사는 것이다. 그래서 팔공산 자락에 있는 '참샘산막' 옆 공터에 게르를 치고 펠트(양털)로 벽을 덮은 다음 남으로 창을 내면 정말 멋질 것 같았다. 나의 꿈은 그쯤에서 멎질 않는다. 욕심은 오히려 내부 치장에 있다.

게르의 중앙에는 나무를 때는 난로를 놓고 구멍이 뻥 뚫려 있는 천막 복판으로 연통을 밀어 올릴 것이다. 그리고 유목민들이 귀중한 물건과 무기 그리고 모린 후르(Morin Huur)란 악기를 놓아두는 호이모르(Khoimor)라고 부르는 북쪽 공간에 소리통을 놓고 우기의 여인숙에서 들리는 그 노래를 틀 것이다. 간혹 친구들이 찾아오면 몽골에서는 흔한 가축인 양 대신 모이를 쪼고 있는 닭을 잡아 화덕에 얹어 구워 먹으리라. 머릿속에 막걸리를 담아 둘 암팡지게 생긴 술독까지 응달에 묻고 나니 나는 아무것도 부러울 게 없는 몽골 유목민이 되어 있었다.

마음은 점점 급해지고 있다. 여기저기 수소문해 보니 게르 하나의 값은 사오백만 원, LPG 가스통 두 개를 용접하여 만든 근사한 나무난로는 오십만 원 수준이었다. 그런데 여인숙의 표제 음악을 구할 수가 없었다. 이렇게 지체해선 안 되겠다 싶어 음악을 잘 아는 지인들에게 우기의 여인숙으로 들어가는 주소를 가르쳐 주면서 곡목을 알려 달라고 요청했더니 발 빠른 몇몇 분들이 시디(CD)를 보내 주겠다는 연락을 해 왔다.

그 노래의 제목은 〈집시의 힘(Gipsy Power)〉이며 벨기에 출신 그룹인 케옵스(Kheops)가 불렀다고 소상하게 알려 주었다. 케옵스는 고대 이집트 제4왕조의 2대 왕의 이름을 따 그룹의 이름을 그렇게 지었으며, 이 노래는 발칸스(Balkans)란 음반에 수록되어 있다고 한다.

이 노래에 대한 궁금증을 사발통문을 놓아 풀고 있는 동안 여러 지인들이 내가 모르고 있는 명상음악들을 소개해 주었다. 그리고 어떤 이는 티베트의 도인 나왕 케촉의 명상음악을, 또 다른 이는 몽골의 전통음악인 흐미(Khöömii)를 한 세트 보내 주었다. 나는 요즘 몽골에서 바람 부는 고비사막을 건너 티베트로, 또 험준한 히말라야 차마고도를 거쳐 몽골로 내왕하느라 무척 바쁜 나날을 보내고 있다.

몽골의 게르로 만들어진 나의 사원에 〈집시의 힘〉과 같은 음악이 흐르면 얼마나 좋으랴. 낮술에 취해 낮잠 한숨 거나하게 자고 있으면 그 낮잠이 영원으로 이어져도 좋고. 그래 정말, 영원과 함께 잠들어도 정말 좋고말고.

마음속에 사원 하나 짓네

사원 하나 짓고 싶었다. 인도의 타지마할처럼 화려하게 치장한 그런 눈부신 사원이 아니라 그냥 그곳에 있으면 마음속의 잡기가 물러나는 토굴 선방 같은 그런 도량을 짓고 싶었다. 앉아 있으면 알아들을 수 없는 염불 같은 음악이 들리고 간간히 맑은 요령 소리가 숲 속의 새소리처럼 들렸으면 참 좋겠다는 생각을 자주 하곤 했다.

세상일이 마음먹기에 달려 있다고는 하지만 어디 그게 쉬운 일인가. 내 맘을 내가 주체하지 못하는데 어떻게 생각 속에 사원을 짓는 그런 호사를 홀로 누릴 수 있단 말인가.

볼일을 보고 집으로 돌아오는 길에 헌책 가게에 들렀다. 맘에 드는 책은 보이질 않고 한쪽 구석에 있는 시디 몇 장이 눈에 띄었다. 간드러진 김연자의 트로트와 설운도의 차차차 사이에 티베트 명상 음악이 뽀얀 먼지를 뒤집어쓰고 있었다.

자세히 들여다보니 까규와 사캬라는 티베트 도인들이 '나덴 (Knaden)'이란 불경과 반야심경을 그들의 모국어로 읊조리는 것들이었다. "이거 얼맙니까." "칠천 원은 주셔야지요." 삼천 원쯤으로 생각하고 있던 예상은 빗나가고 말았다. 사원을 짓는 데는 원목기둥이 튼실해야 되듯 예배의 중심을 이루는 염불도 짝퉁보다는 현지의 원음이 나을 성싶어 두말 않고 달라는 돈을 다 주고 돌아섰다.

집으로 돌아오자마자 소리통에 명상음악을 끼워 넣었다. 까규 도인은 그의 이름대로 까꿍! 하고 튀어나와 중얼중얼, 한 톤 높여 또 흥얼흥얼 귀신 씻나락 까먹는 소리를 밑도 끝도 없이 풀어내고 있었다. 자칫하면 제풀에 지쳐 내가 전원을 꺼 버리고 싶은 유혹을 느낄 정도였다. 여기에서 물러서면 다시는 까규의 명상음악을 들을 수 없을 것 같았다. 마음을 다잡고 볼륨을 좀더 높였다. 까규 도인 자신도 덩달아 톤을 높여 "용용 죽겠지" 하는 투로 계속 씨부렁거리며 나를 따라왔다.

이러면 안 되겠다 싶어 일전에 산(山)친구가 선물로 보내온 인도산 향(Natural Incense Stick)을 대나무 받침대에 끼워 시디플레이어 옆에 세워 맞불질을 했다. 향과 염불이 범벅이 되어 있는 사원 벽에 기대고 앉아 있으니 그때서야 마음속에 강 같은 평화와 하늘 같은 축복이 내리면서 마음이 고요한 바다 밑으로 깊이 가라앉는 것 같았다. 오! 그래. 명상을 통한 선(ZEN)의 경지가 바로 이런 것이구나. 스님들의 견성성불을 위한 면벽 가부좌 고행을 조금은 알 것 같았다.

그때 외출에서 돌아온 아내가 향연이 낯설어 기침을 참지 못하고

"지금 뭘 하고 계세요" 하고 다소 불만스런 투정을 한다. "도 닦고 있어요. 조금만 기다리면 당신은 티베트 종단의 대처승 부인이 될 거예요"라며 역정을 가벼운 농담으로 받아넘겼다. 크리스천인 집사람은 까규의 염불 소리가 영 맘에 들지 않는지 방에서 나오질 않는다.

갑자기 전도연이 주연을 맡았던 이창동 감독의 영화 〈밀양〉에서 우스꽝스럽게 들렸던 〈거짓말이야〉란 노래가 생각났다. 까규를 내려놓고 김추자를 밀어 넣었다. "거짓말이야 거짓말이야 거짓말이야"로 반복되는 노래가 명상음악에 이어 울려 퍼지자 어쭙잖은 선승의 명상 시간은 반전이 기가 막힌 '개 같은 날의 오후'처럼 끝나고 말았다.

그 후로 내 마음속에 지은 사원의 문은 굳게 닫혀 있었다. 시디 한 장과 향 두어 자루로는 채비가 불충하고 그보다는 사원의 주지로 자처하는 내 스스로의 마음 준비가 아직은 미흡한 까닭이다. 이럴 줄 알았으면 불국사 서인(西印) 스님이 돌아가시기 몇 해 전에 승려 자격증처럼 내주신 가사(袈裟) 한 벌을 불태우지 말았어야 했고, 이사하면서 어디 두었는지 모르는 워낭 요령을 챙기지 못한 것이 못내 아쉬웠다.

살다 살다 살아가는 게 몹시 지겹고 심심하면 나의 사원에 문을 활짝 열고 법회를 열 것이다. 신도는 없어도 그만이며 공양보살인 아내가 동창 계모임에 가 버려도 어떠랴. 까규와 사캬의 명상 염불을 크게 틀어 놓고 향도 여러 개 피우리라. 그리고 승복 대신에 낡은 트렌치코트를 뒤집어 한쪽 팔은 소매 속에 넣지 않고 맨살로 그냥 버티는 티베트 승려들의 흉내를 내리라. 그리고는 등산 배낭에 달려 있는 작은 요령을 떼어 내 염불 사이사이에 그걸 흔들 것이다.

교회 권사였던 어머니가 자식의 행동이 못마땅하여 잠시 꿈을 타고 이승으로 오셔서 꾸짖으면 뭐라고 말씀드릴까. "천주교 추기경도 초파일에는 절에 가서 법회에 참석하셨고, 조계종 총무원장도 크리스마스에는 명동성당에서 함께 예배를 보던데요" 하고 말씀드리면 알아들으실까. 그래도 어머니는 공부는 하지 않고 게걸음만 걷던 어린 시절의 나를 쳐다보시며 혀를 차던, 그 못마땅한 표정을 지우지 못하실 거야.

어느 시인은 '부석사 당간지주 앞에 평생을 앉아 그대에게 밥 한 그릇 올리지 못하고 눈물 속에 절 하나 지었다 부수듯' 나도 마음속에 사원 하나 지어 저승으로 먼저 달려간 친구들의 이름을 짤랑짤랑! 요령을 흔들며 호명해야겠다. 내가 부르는 이름은 염불 소리에 묻혀 향연처럼 사라져 버리겠지만.

아름다움이 나까지 멸시하네

'아름다움이 나를 멸시한다'는 작가 은희경이 쓴 소설 제목이다. 동인문학상을 받은 이 소설은 아름다움이 어떻게 그녀를 멸시했는지는 읽어 보지 않아 모르지만 제목이 던져 주는 은유는 독자들의 충분한 동의를 구해 내고 있다.

이 세상에는 존경과 멸시가 공존하고 있다. 존경받던 대상이 잠깐 사이에 멸시를 받을 수도 있고, 멸시만 받아 오던 하찮은 것들이 순간에 역전되기도 한다. 그래서 세상은 살맛나는 것인지도 모른다. 존경과 멸시라는 산과 골이 지각 변동을 일으켜 위치를 바꾸는 일은 비단 사람 주위에서만 일어나는 일이 아니라, 음악 미술 등 다양한 예술 장르에서 흔히 볼 수 있는 광경이다.

'아름다움이 나를 멸시하네'라는 단순한 명제를 아침 커피잔 위에 띄워 놓고 생각에 잠겨 있자니 문득 '사랑이 나를 멸시하네'라는 이미지의 전환이 일어나 상념은 더욱 깊어졌다. 아름다움이 모든 물상을 멸시하지 않으면 그 고고함을 더 이상 지속할 수 없고, 사랑이 사랑해 오는 모든 것들을 멸시하지 않고서는 그 순결성을 도저히 버텨 낼 수 없을 것이다. 아침 명상은 여러 갈래로 흩어졌다가 한곳에 모이기를 반복하더니 마침내 옛 이야기 하나를 기억해 낸다.

조선조 태종 때 중추부지사 곽선의 첩인 어리(於里)의 이야기다. 어리는 정말 예뻤다. 그녀는 곽선의 집에 종으로 있다가 미색이 워낙 뛰어나 주인어른의 첩이 된 여인이다.

어리의 살결은 빙기옥골처럼 투명했으며 두 눈은 흑수정이 빠져 있는 호수처럼 검게 빛났다. 거기에다 쓰개치마를 팔에 걸치고 치마를 살짝 들어올리는 품새나, 고개를 돌려 바깥을 내다볼 때의 목덜미 선은 미인도에서나 볼 수 있는 바로 그림이었다. 그녀는 움직일 때마다 멋이 줄줄 흘러내렸지만 표정에는 쉽게 읽어 낼 수 없는 우수가 서려 있었다. 얼굴 한구석에 드리워져 있는 난해한 것 같은 우울한 기운이 더 큰 매력이었다. 그래서 장안의 한량들은 "한번쯤…" 하고 안다리 후리기의 음흉하지만 아름다운 꿈을 꾸지 않는 자가 없었다.

젊디젊은 어리는 남편이 있다고는 하나 항상 홀로였다. 나이가 많아 고개 숙인 지가 오래된 영감은 시골에서 좀처럼 올라오지 않았다. 달 밝은 밤은 외로움이 또 다른 발광체가 되어 어리가 머물고 있는 별당을 어지럽혔다. 그럴 때마다 어리는 젊고 잘생긴 훤훤장부의 품에 안기어 운우지정을 나누는 꿈을 꾸곤 하였다.

어느 눈 오는 밤, 가마를 타고 외출에서 돌아오는 어리를 태종 이

방원의 맏아들인 양녕대군이 본 것이다. "저 여인이 누구냐, 기녀냐?" "어리라는 여자로 늙은 벼슬아치의 첩입니다." "그 늙은이는 복도 많구나." 술은 입으로 오고 사랑이 눈으로 온다더니 양녕은 그날 밤 이후로 열병을 앓기 시작한다.

어리는 며칠 후 양녕이 하인을 시켜 보낸 연애편지 격인 수낭(繡囊)을 받아들고 안절부절못한다. 별도 딸 수 없는 늙은 남자의 첩으로 사느니 젊고 싱싱한 왕자의 여자가 되고 싶었을 것이다. 그래서 휴전 중인 육체에 불씨를 지펴 활활 타오르는 모닥불을 피워 보고 싶은 것이 어리의 솔직한 심사였으리라. 어리의 설익은 궁리는 그리 오래가지 못한다. 양녕이 어리의 거처로 직접 찾아 온 것이다.

"이리 오너라, 가까이 와서 앉으라, 나를 따르라." 왕자의 품속으로 무너져 내리는 데는 그리 오랜 시간이 걸리지 않았다. 양녕은 권력으로 사랑을 쟁취했고 어리는 천날 만날 꾸어 오던 오르가슴의 꿈을 스물두 살인 양녕대군의 억센 품속에서 불가항력이란 형식을 빌려 투항하듯 이뤄 냈다. 어리는 양녕을 따라 동궁으로 들어갔다.

한양을 양녕에게 맡기고 송도에 내려가 있던 태종이 이 사실을 알게 된다. 형제와 신하들을 때려죽이고 임금의 자리에 오른 자신이기에 아들들이 다시 칼부림을 반복하지 않도록 죄를 엄히 다스리지 않을 수 없었다. 어리를 납치 겁탈하는 데 동원된 하인 세 사람을 사형시켰으며 어리도 사형 당할 위기에 처했으나 당사자인 양녕의 간곡한 청으로 대궐에서 추방하는 것으로 끝을 냈다. 그러나 양녕은 어리의 미모를 잊지 못한다.

우여곡절 끝에 어리는 다시 대궐 안으로 몰래 들어와 아기까지 출산하기에 이른다. 이 사실을 안 태종은 어리를 궁 안으로 끌어들이는 데 주모자 역할을 한 세자빈을 궁밖 사가로 내보내고 양녕대군을 세자에서 폐하여 광주로 추방한다. 동생인 충녕대군이 세자로 봉해져 나중 조선의 명군으로 칭송 받는 세종대왕이 된다.

역사 속에는 어리와 같은 미색의 팜므파탈(femme fatale, 어쩔 수 없는 운명 때문에 자신의 삶을 비극으로 끝낸 여인)이 더러 끼어 있어 그녀들을 생각하면 가슴이 쓰리고 아프다. 〈아르헨티나여 나를 위해 울지 말아요(Don't Cry for Me Argentina)〉의 주인공 에바 페론, 영화 〈돌아오지 않는 강(River of No Return)〉의 마릴린 먼로 등이 이십 세기 후반의 팜므파탈로 꼽히고 있다.

자, 그러면 손에 쥐고 있던 왕권을 사랑 때문에 빼앗긴 양녕은 아름다움으로부터 멸시를 받아 추방이란 벌을 받았을까. 자색이 뛰어난 죄로 사랑을 얻은 후에 모든 것을 잃어버린 어리 또한 아름다움으로부터 멸시를 받아 그런 죗값을 치러야 했을까. 스승이 없으니 아무 데도 물어볼 데가 없네. 젠장, 아름다움이 나까지 멸시하네.

풍류는 해학이다

내 서재 이름은 '류개정'이다. 수류화개(水流花開)에서 따온 말이다. 난생처음 아파트로 이사 온 후 시멘트 공간이 너무 답답할 것 같아 달력 한 장을 찢어 뒷면에 매직펜으로 '류개정(流開亭)'이라 썼다. 아호가 없으니 내 이름을 쓰고 화가들이 낙관을 하듯 목도장을 여러 겹으로 찍었더니 그럴듯한 당호 편액이 되었다.

수류화개, 물 흘러가는 계곡에 온갖 꽃들이 만발해 있으니 이보다 더 좋을 수는 없다. 풍류의 극치다. 계류수에 언뜻언뜻 비치는 구름은 덤이며, 꽃덤불 사이에서 들리는 맑은 새소리는 우수다. 이를 운부조명(雲浮鳥鳴)이라고 하면 사자성어로 말이 될라나.

중국 송나라 때 황산곡(黃山谷)이란 시인이 읊은 "구만 리 푸른 하늘에 구름 일고 비가 오도다. 빈산엔 사람조차 없는데 물이 흐르고 꽃이 피는구나(萬里長天 雲起雨來 空山無人 水流花開)"라는 시에서 비롯된 수류화개가 세월이 흐르면서 풍류를 대변하는 문구로 쓰이고 있으니 어찌 "예술은 길다"라는 말에 이의를 달겠는가.

류개정이라 이름 짓고 마음속으로 서재의 '바름벽'을 온통 풍류로 도배를 하고 나니 갑갑하던 마음이 겨우 안정을 얻는다. 세 벽면이 일곱 개의 책장으로 들어차 내 한 몸 뉘일 공간으로도 비좁은 터수지만, 흘러가는 물소리 백 코러스에 소프라노 새소리가 화음을 이루니 이만한 선경이 어디 있으랴. 거기에다 만화방창 꽃이 핀 가운데 두둥실 바람이 구름을 밀고 가니 책을 읽는 학인(學人)이 아니라 신선이 다 되어 가는 기분이다.

수류화개 계곡에 누워 몸을 뒤척이며 온갖 상념에 빠져들다 보니 갑자기 '풍류는 곧 해학'이란 생각이 든다. 풍류를 인간의 심성이란 거울에 비쳐 보면 익살과 풍자 그리고 아주 오래된 농담까지 뒤섞여 있는 해학의 집합이라 말할 수 있을 것 같다. 멋은 반듯하게 정돈된 데서는 나오지 않는다. 곧이곧대로 사는 사람에게선 인간미를 느낄 수 없듯 '인간미가 없는 사람은 풍류객이 될 수 없다'는 결론에 이르게 된다.

쟁기질하던 소가 앞발을 다른 이랑에 걸치고 남의 콩밭을 넘볼 때 비로소 멋이 생겨난다. 농부는 "워디로 워 워" 하면서 코뚜레에 매여 있는 줄을 잡아당기기는 하지만 소의 행실을 탓하지는 않는다. 사람도 마찬가지다. 퇴근길 목롯집에 들러 목을 축인 다음 주모의 엉덩이를 은근슬쩍 두드려 봤다고 그걸 흠잡을 사람은 없다. 물 흐르는 곳에 꽃이 지천으로 피어 있으면 농담도 진담처럼 노랫가락이 저절로 흘러나오기 마련인 것을. 이게 멋이자 풍류다.

걸음걸이는 헐겁게, 모자도 삐뚜로 쓰고 낡은 국방색 야전점퍼를 아무렇게나 걸치고 파리의 뒷골목을 배회하는 영화 속 더스틴 호프만 같은 배우에게서 무한한 매력을 느낄 수 있다. "연말이면 적금 타서 낙타를 사고 월말이면 월급 타서 로프를 사서 산과 사막에 가는" 그런 엉뚱한 짓을 할 줄 아는 사람에게서 우리는 진정한 멋을 느끼게 된다. 파리의 뒷골목은 도시의 수류화개 바로 그 현장이다.

풍류에도 질서가 있고 도덕이 있다. 청빈·낙천·우애, 이 세 가지는 반드시 바탕 되어 있어야 한다. 그렇다고 부자가 풍류적 삶을 즐기지 못하란 법은 없다. 부자도 풍류를 즐길 수 있되 몇 가지 조건을 갖춰야 한다. 우선 풍류는 사치스럽게 흐르지 않아야 한다. 사치는 언제나 방탕과 난잡을 불러오기 때문에 그걸 경계하지 않으면 안 된다. "검소하지만 누추하지 않고(儉而不陋), 화려하지만 사치스럽지 않아야 한다(華而不奢)"는 옛말을 참고할 일이다.

그리고 부자는 가난한 이웃과 주변의 친구들을 진정으로 사랑하는 마음을 갖지 않으면 풍류를 즐길 수 없다. 풍류도 아주 차원이 높아지면 혼자서 즐기는 고고한 경지에 이를 수 있지만 일반적 풍류는 여럿이 함께 노는 데서 진정한 즐거움을 느낄 수 있다. 그러니까 풍류도 어떻게 보면 두레정신이다. 만약 부자가 혼자 풍류의 길로 들어서면 '병신 달밤에 체조' 하는 꼴을 면치 못한다. 흐르는 물과 피는 꽃들이 자신만을 위해 흘러가고 또 피어나지 않는 이치와 같다.

조선조 정조 때 선비인 이문원(1740-1794)은 판서를 일곱 번이나 지낸 벼슬아치였다. 관직에서 물러난 만년에는 퇴계원에 머물면서 하인도 부리지 않고 직접 채마밭에서 채소를 기르며 안빈낙도의 삶을 살았다.

하루는 반찬거리 물고기를 잡기 위해 냇물에 낚시를 던지고 있었다. 그때 마침 한양에서 대감을 만나기 위해 심부름 온 도사(都事) 두 사람이 신발을 벗고 물을 건너기가 뭣하여 낚시질을 하고 있는 촌로를 불렀다.

"급하게 공무를 보러 가는 중인데 냇물을 좀 건너 주게."

"그러지요"

도사들은 거드름을 피우며 업혀서 냇물을 건넜다.

"대감 계시냐?"

"누구신데 나를 찾소."

뒤따라오던 낚싯대 든 삿갓 노인이 웃고 서 있었다. 도사들은 "죽을죄를 지었습니다" 하고 무릎을 꿇고 엎드렸다. 대감은 부엌을 향해 소리를 질렀다.

"여보 부인, 보리술 익었거든 한 초롱 내오시오. 오늘은 귀한 손님이 찾아왔으니 한잔해야겠소."

풍류도 이 정도는 되어야 풍류다. 풍류는 수류화개다. 아니다. 해학이다.

좋은 술 석 잔의 유혹

옛날 어른들은 밥이 삶의 최대 화두였다. 가난이 몰고 온 팍팍한 생활을 부지하는 데는 밥보다 더 나은 것이 없었으리라. 어른들의 귀에 가장 듣기 좋은 소리 또한 밥이 주제가 되고 있는 걸 보면 "밥퍼"란 말은 언제 들어도 정겹다.

어른들이 가장 살가워하는 소리 세 가지가 있다. 우리 논 물꼬에 물 들어가는 소리가 첫째요, 밥상에 수저 놓는 소리가 둘째요, 셋째는 자식 목구멍에 밥 넘어가는 소리가 바로 그것이다. 모두가 밥과 연관된 기도에 가까운 희원들이다.

요즘은 밥보다 앞서는 것이 술인데 가난한 시절에는 밥을 제치고 술을 생각하는 자체가 외람이자 불경이었다. 막걸리 한두 잔 값밖에 없는 촌로가 장터에서 설사돈을 만나 "사돈어른, 밥을 자실랍니껴, 술을 한잔 드실랍니껴" 하고 물었더니 "막걸리 안주에는 밥이 좋지요"란 우스개는 많은 것을 생각하게 한다.

민초들의 화두가 밥이었을 그 암울한 시절에 벼슬아치들은 어떻게 지냈을까. 송강 정철, 서애 류성룡, 일송 심희수, 백사 이항복 등은 나이 차이는 조금 있긴 해도 당대 석학들이어서 자주 만남을 가졌다. 어느 날 밤, 술이 한 순배 돌고 난 후 송강이 타고난 치기를 이기지 못하고 "달 밝은 누각 위로 구름 지나가는 소리보다 더 좋은 것이 있겠는가" 하고 운을 뗐다. 그러자 일송이 "바람 앞에 잔나비 우는 소리도 일품이지" 하고 흥을 돋웠다.

서애가 "삼 칸 초옥에서 젊은이의 시 읽는 소리도 좋지만 술독에서 술 거르는 소리가 더 절묘하지"라고 앞선 풍류에 술 한 바가지를 끼얹었다. 그러자 가장 나이가 어린 데다 장난기 많은 백사가 "화촉동방에 가인의 치마끈 푸는 소리야말로 풍류의 극치지요"라고 말했다. 네 선비의 풍류담 중에 밥은 이미 빠져 있었고 그야말로 풍류의 바람만 불고 있었다.

네 사람의 문답 중에 '시와 술'을 동시에 생각하는 서애의 풍류가 최상의 것이 아닌가 생각된다. 구름 지나가는 소리나 잔나비 울음소리는 너무 관념적이어서 맛이 덜하고 먼 데서 여인의 옷 벗는 소리는 풍류가 도를 지나쳐 자칫 난봉으로 기울까 봐 위태롭다. 그러나 저녁 놀 속에 술 거르는 소리가 들린다면 그거야말로 어디에도 비할 수 없는 흡족이 그곳에 있을 것만 같다.

풍류가 노니는 곳에는 달과 강과 친구가 반드시 따르지만 술만은 항상 상전으로 우러름을 받는다. 왜냐하면 풍류판에 더러 달이 빠질 수도 있고 장소가 굳이 강이 아니어도 되지만 호리병에 든 술이 없다면 그건 말이 안 된다. 풍류판이 아니라 멋없는 맹물판일시 분명하다.

중국 청나라 장조가 쓴 『유몽영』에 이런 구절이 나온다. "풍류는 혼자 누리되 다만 꽃과 새의 동참은 허용한다. 거기에다 안개와 노을이 찾아와 공양을 한다면 그건 받을 만하다. 세상일 다 잊을 수 있고 담담할 수 있지만 여태 담담할 수 없는 건 좋은 술 석 잔이다." 기가 막히는 고백이다. 어쩌면 내 생각과 그렇게 꼭 닮았는지 눈물이 핑 돌 정도다.

좋은 술 석 잔을 마신 흥취는 여기서 끝나지 않는다. 『채근담』에도 "술 석 잔 마신 후 참마음을 얻는다면 단청 올린 들보에 구름이 날고, 거문고를 달빛 아래 비껴 타고, 맑은 바람 안고 피리를 부네"라고 격을 높이고 있다.

술 석 잔의 유혹을 뿌리치기는 정말 만만치 않다. 더운 여름날, 땡볕 아래서 야구 경기를 본 후 500시시 생맥주 석 잔을 안주 없이 단숨에 마시는 그 쾌감을 어디에 비할 수 있으랴. 우리 주법의 후래자 삼배(後來者 三盃)는 시동을 걸 때 밟는 가속 페달의 효과이거나 석유 버너의 발화를 촉진시키는 예열 단계와 같은 이치다. 석 잔, 좋은 술 석 잔은, 상영 중 필름이 끊어져도 좋을 미지의 술판에 둘러쳐진 장막을 걷어 내는 일이다.

조선조 세종 때 문도공 윤희와 학사 남수문은 임금이 총애하던 문장들이었다. 글과 술이 서로 따라다님은 예나 지금이나 다르지 않듯 그들은 글만큼 술도 능했다. 세종은 그들의 재주를 술이 갉아먹을까 봐 어떤 경우라도 석 잔 술을 넘지 못하도록 엄명을 내렸다. 어명(御命)을 어기면 누구라도 목숨을 부지하기 어려운 것이 당시의 법도여서 비상대책을 세우지 않을 수 없었다.

둘은 엄청나게 큰 술잔을 만들어 품에 품고 다니다가 주회가 있을 땐 그걸 꺼내 딱 석 잔만 마셨다. 임금은 석 잔만 마시고 대취하는 신하를 나무랄 수 없었다. 임금은 "허허허…" 하고 웃는 게 고작이었다. 풍류는 이런 것이다.

어머니가 살아 계실 때 자주 하시던 말씀이 "술 좀 작작 마셔라"였다. '작작'에 힘을 주어 그렇게 말씀하셨다. 한 번도 어머니의 원을 들어준 적이 없어 한이 된 지 오래다. 가벼운 알루미늄 술잔 만드는 곳이 어디 있는지 알아보고 두 선비들이 품고 다녔던 비슷한 술잔 만들어 나도 어명(母命)을 따를 작정이다.

술의 시동은 이렇게 빨리 걸리고 효심의 발동은 이렇게 늦게 걸리다니, 나 원. 좋은 술 석 잔의 유혹을 이겨 낼 수가 없네.

산중 친구

내가 잘 다니는 산자락에 남들이 쉽게 들락거리지 않는 계곡이 있다. 아무리 가물어도 물이 마르지 않는 작은 물웅덩이도 그곳에 있다. 등산로에서 멀지는 않지만 계곡 밑으로 내려가면 오가는 사람이 보이지 않는다. 물소리와 새소리 외에 다른 소리는 들리지 않는다. 발목을 적실 깊이의 작은 소에는 몇 개의 돌들이 엎어져 있다. 돌 밑에는 나의 산중 친구인 가재가 살고 있다.

이 소는 물이 맑은 데다 물 흐름이 눈에 보이지 않는 명경지수 그대로다. 지난여름에는 이곳에서 국수를 삶아 번거롭게 씻고 건질 필요가 없을 것 같아 코펠을 물속에 던져 버렸다. 겉으로 보기에는 조용한 웅덩이도 속으로 울고 있는지 밑바닥의 물살은 생각보다 거셌다. 국수 가락이 돌 틈으로 숨어 버리는 바람에 생각만큼 국수를 건질 수 없었다. 그러자 돌 밑의 가재가 바쁜 걸음으로 움직이는 모습이 보였다. 짜증나는 여름 대낮을 가재와 더불어 즐겁게 보냈다.

더위가 기승을 부리는 날이면 혼자 막걸리 한두 병 륙색 포켓에

찔러 넣고 산중 친구가 살고 있는 이 계곡으로 온다. 가재에게 줄 닭고기 한 조각은 잊지 않고 챙긴다. 우선 닭고기를 찢어 물속 돌 앞에 놓아두면 술병에 냉기가 서릴 무렵이면 가재들도 기동을 시작한다.

무념무상의 빈 마음으로 물속을 들여다본다. 산중 친구는 이미 가재가 아니라 스님으로 변해 있다. 그가 살고 있는 돌 틈은 석굴 선방이다. 내가 "스님!" 하고 불러도 시종 묵언이다. 일 년 내내 안거(安居)에 들어 있으니 수도승으로 해탈한 지가 오래된 듯하다. 장난기가 발동한다. 닭고기 공양을 챙기고 있는 스님에게 술잔을 내민다. 스님은 잽싸게 도망쳐 버린다. 그 술은 내가 마신다. 산중 친구를 핑계 삼아 권하고 마시기를 반복하다 보면 취하기 마련이다. 들고 온 시집을 읽을 겨를이 없다. 스님과 노는 것이 참 재미있다.

촉나라 범진이란 사람이 허하라는 곳에 살 때 장소당이란 별채를 지어 술을 마시며 즐겼다. 뭇 꽃들이 흐드러지게 피는 늦봄에 손님들을 초청하여 푸짐한 잔치를 벌이곤 했다. 객기가 동한 주인은 "꽃잎이 술잔 속에 떨어지면 대백(大白, 큰 잔)으로 한 잔씩 마셔야 합니다" 했다. 담소가 무르익을 즈음 휘익 하고 바람이 불자 모든 이의 잔에 꽃잎이 떨어져 취하지 않는 사람이 없었다. 그래서 사람들은 이 모임을 '비영회(飛英會)'라고 했다.

조선조 때 문경공 신용개는 천품이 호탕하여 술을 즐겼다. 술친구는 따로 없었다. 늙은 계집종도, 마당의 강아지도, 화단의 꽃도 모두 그의 술친구였다. 하루는 아랫사람들에게 "오늘 저녁에 여덟 손님이 오실 터이니 주효를 잘 준비하라" 하고 단단히 일러두었다. 하인들은 아무리 기다려도 소식이 없자 "언제 오십니까" 하고 물었다. "조금만 더 기다려라."

이윽고 보름달이 떠 그 빛과 붉은 기운이 대청 안으로 들어와 주인이 키운 여덟 분의 국화를 비추자 이렇게 말했다. "오늘밤 손님은 국화니라." 주인은 국화 분 앞에 술과 안주를 차려 두고 "내가 은잔에 술을 따르겠네"라며 아주 친한 친구에게 하듯 그렇게 말했다. 국화 분마다 각 두 잔씩의 술을 따라 주었다. 자신이 권한 만큼 국화도 술을 따라 주는 것이라 여기고 주거니 받거니 하다 몹시 취했다. 박동량이 쓴 『기재잡기』에 있는 이야기다.

홀로 술 마시기의 달인은 이백이다. 그를 제쳐 두고 독작을 논할수 없다. 「월하독작(月下獨酌)」이란 명시를 보면 독작의 풍류와 흥취가 얼마나 도도한지를 눈 감고도 알 수 있다.

꽃밭 가운데 술 항아리 / 함께할 사람 없어 혼자 마신다 / 술잔 들어 밝은 달 모셔 오니 / 그림자까지 셋이 되었구나 / 그러나 달은 술 마실 줄 모르고 / 그림자 또한 그저 내 몸 따라 움직일 뿐 / 그런대로 달과 그림자 짝하여서라도 / 이 봄 가기 전에 즐겨나 보세.

해 질 녘이 되어 더위가 자지러질 무렵에 배낭을 챙겨 산중 친구에게 작별 인사를 한다. "스님, 잘 계시오." 여전히 묵언 중이어서 대답도 없고 인사도 없다. 약간 괘씸하다.

"술 마시느라 저무는 줄 몰랐더니 옷자락에 수북하게 떨어진 꽃잎, 취한 걸음 달빛 시내 따라 걸으니 새도 사람도 보이지 않네"라는 이백의 시 「홀로 가는 길」을 읊조리며 산을 내려온다.

석굴 선방 앞에서 가재 스님과 종일 놀았는데도 나는 여전히 외롭다. 고독이 얼마나 아름다운 것인가. 혼자라는 걸 알게 되니 저만치 가을이 오는 것이 보인다.

노회한 사기꾼

술 좋아하고 놀기 좋아하는 청년이 저승엘 갔다. 하나님이 사자의 명부를 아무리 뒤져 봐도 이름이 없었다. "이게 어떻게 된 거야" 하고 소리를 지르자 저승차사는 "옆집 노인을 데려온다는 게 뭔가 잘못된 것 같습니다"라고 우물거렸다. "자넨 실수로 온 거야. 다시 내려가게." 하나님은 미안한 마음이 앞서 "소원 한 가지만 말해 보게"라고 말했다.

비서진들의 실수로 다시 이승으로 돌아오게 된 청년은 "큰 소원은 없습니다만 해 질 녘에 석양주나 한두 잔씩 마시고 한 주에 두어 번 골프나 치게 해 주십시오"라고 말했다. 그러자 "야, 이놈" 하고 벼락이 떨어졌다. "그런 팔자로 살 수 있다면 내가 그 자리로 가지, 뭐할 짓 없어 여기 죽치고 앉아 천당 갈 놈 지옥 갈 놈이나 가리고 있겠어."

원나라 때 문인인 초려 오징의가 쓴 「철경록」이란 글을 읽다가 항간에 떠돌고 있는 유머가 생각나 적어 본 것이다. "바라는 것이 있다면 독에 술이 비지 않고 부엌에 연기가 끊이지 않고 띳집의 비가 새지 않는 것이다. 포의(布衣)를 입고 숲에 가서 나무를 하고 강에 나가 고기를 낚을 수 있다면 영화도 욕심도 없이 그 낙이 도도할 것이다."

술과 밥이 푸짐하고 넉넉한 땔감과 고기반찬까지 곁들였는데 더 무엇을 바라랴. 이는 『논어』 7편인 술이편에 나오는 "나물 먹고 물마시고 팔을 베고 누웠어도 또한 즐거움이 있으니…(飯疏食飲水 曲肱而枕之 樂亦在其中)"란 공자의 안분지족 사상과 사뭇 닮아 있다. 분수를 알고 만족한 삶을 사는 이에겐 하나님도 천수를 누리게 하지만 가득 채워져 흘러 넘쳐도 항상 모자람 속에 사는 욕심쟁이에겐 이미 주었던 수명마저 빼앗아 버리기도 한다.

동서양의 문인 묵객들이 찬탄해 마지않는 술은 과연 어떤 물건인가. 「귀거래사」를 지었던 도연명도 '동이에 가득한 술'을 반겼고, 손님 둘을 초청하여 강에 배를 띄워 「적벽부」를 읊었던 소동파도, 꽃밭에 앉아 잔 들어 달을 청해 술을 마셨던 이백도 술을 하늘같이 모신 주선(酒仙)들이다.

분자구조가 C2H5OH(에틸알코올)인 같잖은 물질에 코가 꿰어 평생 술의 종으로 살다 간 까닭은 어디에 있는가. 술이 투명함보다 더 맑은 빛으로 내 몸 곳곳에 스며들면, 어둠 속에 잠겨 버린 이 세상마저 다 잊을 수 있을 것 같은 허망한 찬사를 무턱 대고 따랐기 때문인가. 술은 삶에서 겪는 모든 문제의 해결책이자 동시에 모든 문제의

원인이라고 말하고 있지만 술을 완벽하게 설명한 정답은 아니다.

술은 사랑보다 더 독한 매력이 있고 수렁에 빠질 줄 알면서도 그 유혹에서 벗어날 수 없는 마력을 지니고 있다. 그리고 술잔에는 눈금으로 나타나지 않는 대취(大醉)와 미취(微醉) 사이의 분수령 같은 게 있다. 동서고금을 통해 수많은 사람들이 이 분수령 주변에서 허우적거리다가 패가망신하기도 했다.

술을 마시다 보면 어느 한 잔을 마시면 대취로 넘어가고 그 한 잔을 마시지 않으면 무사귀환할 수 있는 길목의 잔이 있기 마련이다. 그러나 취한 눈(眼)은 안목(眼目)이 없어 숨바꼭질하는 길목의 잔을 가려내지 못한다. 그 잔은 다음날 아침 "그 한 잔만 안 마셨어도…" 하는 후회를 낳긴 하지만 이미 때는 늦은 상태다.

그래서 옛 선비들은 술 마시는 법도를 이렇게 정해 두었다. "봄 술은 정원에서, 여름에는 들에 나가서, 가을 술은 조각배 위에서 마시는 게 좋다. 엄격한 자리에선 천천히 유장하게 마시고, 속 편하게 마실 수 있는 술은 로맨틱하게 마시되 슬픔의 술은 취하기 위해 마셔라. 그리고 꽃과 조화를 이루려면 햇볕 아래서 꽃과 함께 취해야 하며, 상념을 씻으려면 밤의 눈(雪) 속에서 취해야 하고, 뱃놀이 하면서 마시는 술은 가을의 서늘한 기운을 느끼면서 취하라. 이런 법칙을 모르고 술을 마시면 음주의 낙은 잃게 될 것이다."

이런 법도를 정해 두었으면 응당 따라야 하는 것이 선비의 도리이지만 이를 지키는 사람은 매우 드물었다. 유독 다산만은 두 아들들에게 보내는 편지에 "글공부는 아비를 따르지 않고 주량만 아비를 넘어서는 거냐. 술맛이란 입술을 적시는 데 있는 것이다. 과음하지 말거라"라고 타이르고 있다. 그러나 아들들이 아버지의 희망대로 술을 줄였다는 기록은 어디에도 없다.

술수의 명인이자 찔러도 피 한 방울 흘리지 않았던 조조도 "인생은 아침 이슬 같은 것, 술 마시고 노래하세, 근심을 잊게 하는 건 오직 술뿐일세"라고 읊었다. 사실 술은 무식한 신사 같지만 노회한 사기꾼이다. 사람의 몸 어딘가에 붙어 있는 마음을 자유자재로 떼어낼 수 있는 기술을 가진 술은 은근하고 여유롭게 변화무쌍한 술수를 부리는 재주꾼이다.

술은 쓸 만한 인재를 취객으로 만들어 산중에 가두기도 하고 〈풍설야귀인(風雪夜歸人)〉이란 걸작 그림을 그린 최북(崔北)이란 환쟁이를 어느 눈 오는 밤 술에 취해 성곽 모서리 눈밭에 쓰러져 얼어 죽게 만들기도 한다. 양나라 도홍경이란 선비도 술이 좋아 벼슬에 뜻을 두지 않고 산속에 숨어 살았다. 임금이 그를 불러 "산중에 무엇이 있느냐" 하고 물었다. "산중에 무엇이 있느냐고요. 고개 위에 흰 구름 많지요. 혼자 즐길 수는 있어도 임금님께 갖다 드릴 순 없지요"라고 말했다. 다음 임금도 벼슬자리를 주려 했지만 나아가지 않고 술독을 끌어안고 살다 죽었다.

노회한 사기꾼인 술이 저지른 일은 수없이 많지만 술이 풍류에 이바지한 공은 정말 만만치 않다. 사기꾼 만세!

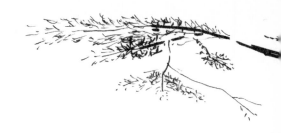

2.

조선의 팜므파탈

제1화 덕중이

청령포 나루터 주막에 앉아 술을 마신다. 강물은 별나라 수군(水軍)들의 연병장이다. 병사들은 칼싸움을 하는지 칼날에 튀긴 섬광이 서쪽 하늘로 사라지기도 하고 강물 속에 빠져 허우적거리기도 한다. 그런 가운데 사원의 큰 등불 같은 달이 은은하게 불을 밝혀 어른어른 달빛을 비춰 주면 물속에 잠겨 있는 혼령들이 물비늘을 털고 하늘로 올라갈 것 같은 서늘한 밤이다.

창가에 홀로 앉아 별 안주 없는 소주를 한 시간쯤 마시기로 했다. 술을 마시며 오늘밤의 화두를 궁녀 덕중이로 정했다. 이곳 청령포는 단종이 귀양 와서 살았던 곳이니만큼 화두의 주제도 단종이 되어야 마땅하지만 군이 덕중을 택한 것은 나름대로 이유가 있다. 단종과 덕중은 둘 다 세조에 의해 죽임을 당한 사람들이다. 단종은 세조의 조카지만 덕중은 세조의 아들을 낳은 궁녀, 즉 왕의 여자다. 그리고 단종의 이야기는 역사를 통해 많이 알려져 있지만 덕중의 사연은 아는 이가 거의 없어 이를 알리기 위함이다.

정한 시간 동안에 단 한 사람만 생각하기란 그리 쉬운 일은 아니다. 스님들이 안거 기간 동안 화두 하나를 들고 선(禪)에 들지만 용맹정진하지 못하고 사방에서 달려드는 마귀 떼와 이전투구를 벌이는 것도 전력 집중을 하지 못하기 때문이다. 사람의 의식 속에는 무의식(unconsciousness)이 잠재해 있고 무의식 속에도 의식의 흐름(stream of consciousness)이란 게 존재하기 때문에 생각은 꼬리에 꼬리를 무는 법이다.

주막의 창밖으로 보이는 청령포 남쪽 능선은 어둠에 묻혀 희끗하고 별나라 수군들이 병력지원차 별똥별을 타고 강물 위로 떨어지는 모습들을 보고 있노라면 참선에 든 의식도 곧잘 흐트러지고 만다. 생각이 빗나갈 때마다 각성제로 털어 넣는 소주는 혼란을 다스리는 죽비 소리가 되기도 한다. 목젖을 타고 내려가는 맑고 투명한 술기운은 목구멍 군데군데 가로등을 밝혀 은은하게 환하다.

조선의 왕들이 자식을 죽이고, 형제를 살해하고, 데리고 살던 처첩을 참수한 예는 아주 흔하다. 영조가 아들인 사도세자를 뒤주에 가둬 굶겨 죽였으며 태종은 왕권을 잡기 위해 형제와 신하들을 때려 죽였다. 어진 임금으로 알려져 있는 세종도 왕의 여자인 궁녀 내은이가 내시 손생을 사랑하게 되자 두 연인들을 참형으로 다스렸다.

세조도 이런 문제에 대해선 조금도 뒤지지 않는다. 경주 남산 기슭에 있는 서출지의 전설에 나오는 왕은, 거문고집 속에서 사랑을 나누고 있는 궁녀와 연인인 승려를 활로 쏘아 죽이듯, 배반자를 죽이는 데는 도가 터진 사람이다. 그는 질투와 분노의 화신이다. 역사는 원래 승자의 편이어서 세조도 때로는 인간미가 넘치는 사람으로 미화하고 있지만 나는 동의하지 않는다.

덕중은 수양대군인 시절의 세조를 잠저에서 가까이 모셨던 자태가 아름다운 여인이다. 세조가 왕권을 찬탈하여 보위에 오르자 덕중도 일약 정삼품인 후궁의 신분으로 급상승한다. 그러나 왕이 된 세조는 대궐에 들어온 후로 궁녀들의 꽃밭에서 낯선 꽃 꺾기 재미에서 헤어나지 못하고 덕중에겐 눈길 한 번 주지 않는다.

신분 상승에 따른 권세와 호사도 덕중의 외로움을 갚아 주지는 못했다. 그녀의 마음속에 바람이 일기 시작한다. 원래 끼 많은 여인은 끓어오르는 피의 기운을 억제하지 못하는 불나비의 속성을 지니고 있다. 덕중이 그랬다. 왕의 여자는 누가 건드려도 안 되고 스스로 '건드려 달라'고 애원해서도 안 된다. 그랬다간 둘 다 죽음을 면치 못한다.

독수공방에서 맞는 밤은 외롭고 쓸쓸했다. 덕중은 마음속에 점찍어 둔 세조의 동생인 이구의 아들 이준(李浚)에게 한 통의 연애편지를 보낸다. 왕의 여자인 덕중은 다른 사람을 사랑한다는 것이 죄인 줄을 번연히 알면서도 몸속 은밀한 곳에서 수군거리는 피와 끼의 수다를 이겨 내지 못한다.

"봄비가 내려 궁중 연못에 연꽃이 피었습니다. 홀로 연꽃을 보는 방자의 심사는 몹시 곤고합니다. 군계서 잠저에 오실 때 관옥 같은 얼굴을 훔쳐보면서 연모하는 마음을 키워 왔습니다. 심처에 있는 처지라 구구한 마음 전할 길 없으나 죽어도 사모하는 마음 달랠 길이 없습니다."

언문으로 쓰인 덕중의 서간을 받은 이준은 아버지에게 고했고 아비인 이구는 이 사실을 형인 세조에게 무릎 꿇고 아뢨다. 연서 사건의 시말을 보고 받은 세조는 한참 동안 버려두었던 덕중의 해맑은 얼굴을 떠올리고 묘한 페이소스에 휩싸였다. "내가 너무했구나, 그래도 그렇지." 세조는 한동안 갈피를 잡지 못했다.

"내가 친히 국문할 것이다. 모두 잡아들이라." 세조의 엄명이 떨어지자 연서를 전달한 내관 최호와 김주호는 목숨이 끊어질 때까지 곤장을 맞는 박살형에 처해졌다. 그리고 이 일에 연관이 있는 궁녀 둘도 볼기짝이 터져 피투성이가 되어 죽었다. 사육신을 능지처참형에 처하고 계유정난을 일으켜 황보인과 김종서를 척살하고 살생부를 만들어 수많은 사람들을 죽인 세조는 눈 하나 깜짝하지 않고 여인의 배신을 곤장으로 다스렸다.

세조는 젊은 한때 자신과 사랑을 나눈 덕중은 죽이고 싶지 않았다. 그러나 신하들은 지난번 환관 송중에게도 연서를 보낸 적이 있는 그녀의 행실을 들추며 끝까지 엄형을 주장했다. 세조도 할 수 없이 사랑했던 여인 덕중을 도성 밖에서 교수형에 처하게 했다.

목에 올가미를 거는 순간 덕중은 누구의 얼굴을 떠올렸을까. 세조였을까, 아니면 이준이었을까. 마지막으로 그녀는 무엇을 생각했을까. 우체국에서 연애편지를 썼던 유치환 시인처럼 "사랑했으므로 행복하였노라"라고 했을까. 정말 그랬을까. 나중 저승에 가면 세조가 오줌 누러 간 사이 덕중에게 살짜기 물어볼 작정이다. 덕중은 정말 조선 최고의 멋쟁이다. 그런 멋쟁이와 사랑하다 죽어도 좋을 연애 한번 하고 싶다.

제2화 어우동

어우동 하면 많은 사람들이 "그녀를 안다"라고 말한다. 변강쇠 하면 역시 소문난 옆집 아저씨나 되는 듯 웃기부터 한다. 그와 그녀에 대해 "무엇을 얼마나 아느냐?" 하고 물으면 아무도 선뜻 대답하지 못한다. 한 시대를 주름잡은 색계(色界)의 스타들인 줄은 알겠는데 그들이 출연하는 영화는 보지 못하고 소문만 들었다는 뜻이다.

그렇다. 이 세상은 소문의 강물에 떠밀려 강심을 흐르는 진실은 알지 못하고 표피에 묻어 있는 한 자락 현상을 고정관념이란 끈으로 꽁꽁 묶어 매도해 버리는 경우가 숱하다. 어우동의 경우도 이와 같다. 아무도 그녀의 진심은 헤아려 보지 못하고 떠도는 소문만 믿고 음탕한 여인의 표본으로 기억하고 있다.

이 세상에서 가장 슬픈 여인은 병든 여인도, 버림받은 여인도 아니다. 잊힌 여인이 가장 슬픈 여인이라고 한다. 어우동 또한 이 세상에서 가장 슬픈 여인 중의 한 사람인 잊힌 여인이다. 그녀는 무관심에 대한 앙갚음이라도 하려는 듯 겉으로 보기에는 화려한 환락의 험한 길을 스스로 걸어간 것은 혹시 아닐까.

그녀는 조선조 성종 때 여인이다. 본명은 어을우동으로 승문원지사 박윤창의 딸이다. 성년이 되어 태강 현감 이동의 부인이 되었다. 왕실의 인척이자 명문 사대부 출신인 남편은 글 읽고 시 짓기에나 관심을 쏟을 뿐 아내를 안아 주는 일에는 매우 소홀했다. 밤이 되어도 혼자 사랑에서 잠을 자는 경우가 많아지자 안방은 그야말로 독수공방이었다.

동식물은 물론 사람까지도 돌보는 손길이 미치지 못하고 관리가 허술해지면 야성으로 돌아가려는 속성이 강해진다. 씨앗을 뿌린 밭에 호미날이 지나가지 않으면 묵밭이 되고 키우던 강아지도 버려두면 들개가 된다. 남편의 살가운 손길에서 벗어나 있는 잊힌 여인이 가야 할 길은 발정 난 암고양이처럼 뜨거운 양철 지붕 위를 배회하는 길밖에 다른 도리가 없었으리라.

어우동은 집 마당에서 베잠방이 차림으로 은그릇을 만들고 있는 건장한 체격의 은장이에게 뜨거운 눈길을 보냈다는 이유로 남편에게서 내침을 당한다. 소박 순간은 괴로웠지만 천성이 수다스러웠던 어우동은 해방과 동시에 자유를 얻게 된다. 그야말로 '마이 웨이'의 주인이 된 것이다.

어우동은 친정집 구석방에서 마냥 울고 있을 수만은 없었다. 계집종을 거간꾼으로, 인물이 준수한 오종년이란 청년을 정부로 삼는다.

선비 남편의 체면치레 방사에 비하면 열과 성을 다하는 젊은이의 건강한 행위는 정말 감격스러웠다. 어우동의 마음은 바람을 안은 방패연처럼 구름 속을 날았다. 그녀는 더 높은 하늘을 날기 위해 또 다른 상대를 찾아 길을 나선다.

단위와 함량에 대한 이해와 각성이 없는 사람들에게 흔히 '쟁이'라는 칭호가 따라 붙는다. 아편쟁이가 그렇고 오입쟁이가 그러하다. 분수를 모르고 불 속으로 뛰어드는 부나비처럼 대부분의 '쟁이'들은 함량 초과에 따른 보상을 파멸로 갚는다. 어우동도 예외는 아니다.

성종 11년 봄, 꽃과 나비들의 함성으로 산천이 시끄러울 때다. 어우동은 계집종과 함께 살래살래 엉덩이를 흔들며 길을 가다 허우대 멀쩡한 남정네를 낚아 올린다. 서리 김의향. 그는 "길가의 버들가지를 꺾어 보면 어떻겠소"라는 무심코 던진 농담 한마디가 바짝 물오른 어우동의 낚시에 걸린 것이다. 그러니까 누가 낚시꾼이며 누가 고기인지 모를 정도의 의기투합이 그날로 일을 치르게 만들었다. 어우동은 오종년에게 한 것처럼 새 정부의 이름을 자신의 등에 문신으로 새기고 다시 길을 떠난다.

어우동은 방산 현감 이난의 집 앞을 지나다 서로가 서로의 낚시에 걸려 동시에 넘어진다. "너는 내 해로다." "그대가 내 해 아니오." 이 한마디 말 외에 다른 말이 필요 없었다. 그녀는 이난의 이름을 팔목에 문신으로 새기고 현감은 한지에 시 한 수를 적는다.

물시계의 물은 뚝뚝 떨어지고 동녘 밤기운은 맑은데/ 높은 흰 구름을 감은 것은 달빛 분명하도다./ 텅 빈 방 적막한데 그대 향기 남아 있어/ 꿈속 정을 다시 그리겠구나.

어우동은 한 남자에게 매여 있을 여인은 아니다. 햇살이 쏟아지면 날아가고 마는 풀잎사랑 같은 기억의 정표는 문신으로 남기면 그뿐, 더 이상 구속되거나 속박받지 않는다. 단오가 되자 어우동의 그네 타는 모습에 반한 수산 현감 이기가 계집종에게 문자 메시지를 보낸다. "아씨를 한 번 만날 수 없겠니. 정말 그럴 수는 없겠니…" 어우동이 낯선 남정네를 만나 볼일 보고 돌아서기란 아침밥 먹고 숟가락 놓는 일처럼 간단했다. 그러나 이기의 이름은 문신으로 새겨 두지 않았다.

그런데 현감이란 작자들은 고을 다스리는 일은 소홀히 하고 남의 아녀자 등과 팔뚝에 문신 새기는 일에 골몰했으니 백성들은 초근목피로 연명할 수밖에 없었으리라. 원님들의 행실이 이러했으니 아전들의 행동도 불문가지. 전의감 생도 박창강은 노비를 팔기 위해 어우동의 집에 들렀다가 대낮에 밀애를 나눴으며 이난의 심부름을 온 이근지도 주인인 현감 어른의 노리개를 마치 제 것인 양 돌리고 굴리며 오만 방정을 다 떨었다.

성현(成俔)이 쓴 『용재총화』의 어을우동 편을 읽다 보니 '역린(逆鱗)'이란 낱말이 생각난다. '물고기 비늘 중에는 거꾸로 박힌 비늘 하나씩은 반드시 있기 마련'이라는 그 역린이 교수형장에서 올가미를 걸고 있는 어우동의 얼굴 위에 자꾸만 겹쳐진다.

물고기 몸에 거꾸로 박혀 유영의 반대쪽으로 날을 세우고 있는 비늘은 하나님이 심심해서 그렇게 만드셨겠지만 어우동의 마음속에 깊이 박힌 그 역린의 흔적은 누구의 짓일까. 이 겨울, 어우동이 살았던 한양에 갈 일이 있으면 KTX 열차의 역방향 좌석에 앉아 그녀의 상처에 새겨진 문신과 물고기의 역린에 관한 상관관계를 곰곰 생각해 봐야겠다.

제3화 유감동

시 한 편의 감동이 경전 읽기보다 더 클 때가 있다. 뜨거운 김이 오르는 커피 잔을 들고 조간신문을 들추다 오세영 시인의 「그릇」이란 시를 만난다. 가만가만 읽다 보니 묘한 각성이 일어나 커져 버린 두 눈이 "소리 내어 크게 읽어라" 하고 소리친다. "찢어진 상처는 칼날이 된다." 나는 소리 내어 크게 읽는다.

깨진 그릇은 칼날이 된다. 절제와 균형의 중심에서 빗나간 힘, 부서진 원은 모를 세우고 이성의 차가운 눈을 뜨게 한다. 맹목의 사랑을 노리는 사금파리여, 지금 나는 맨발이다. 베어지기를 기다리는 살이다. 상처 깊숙이서 성숙하는 혼. 깨진 그릇은 칼날이 된다. 무엇이나 깨진 것은 칼이 된다.

따지고 보면 깨지고 찢어진 것들은 모두 날선 칼날이다. 유리와 그릇이 그러하고 자동차와 비행기도 예외는 아니다. 주변에 널려 있는 물상들은 그러려니 하고 지나칠 수 있지만 상처받은 영혼을 지닌 사람들은 마음이 칼날이 된다. 칼에 베어진 상처는 다시 칼날이 된다. 날선 칼날은 용서를 모를 뿐 아니라 배신하지도 않는다.

조선조 세종 때 음란한 여성으로 첫 손에 꼽혔던 유감동(俞甘同)은 타고난 음부는 아니었다. 그녀는 검한성(檢漢城) 유귀수의 딸로 양반 출신이었다. 무안군수 최중기와 혼례를 올린 지 얼마 되지 않아 무뢰한인 김여달에게 성폭행을 당한 후 인생행로를 바꿔 버린 가련한 여인이다. 연약한 여인이 푸른 칼날로 변신하자 무수한 사대부들이 치마폭에 감겼다가는 피를 흘리지 않은 이가 없었다. 여인의 앙심을 '오뉴월 서리'로 표현하는 이유가 거기에 있다.

유감동은 무안의 남편 곁에 있다가 일상의 무료함을 이기지 못해 친정인 한양으로 올라오는 길에 김여달을 만났다. 김여달은 때마침 일어난 살인사건의 범인을 잡는다며 유감동을 외진 곳으로 끌고 가 겁탈을 했다. 둘 다 그것으로 끝이 났으면 다행이었는데 운명은 그들을 버려두지 않았다. 조혼으로 남편에게 정을 느끼지 못하던 유감동은 "아니야, 이러면 안 돼" 하면서도 억센 성폭행범을 남모르게 그리워했고, 김여달도 토끼처럼 빨리 치른 풀숲 신방의 추억을 지울 수가 없었다. 김여달은 '죽으면 죽고 살면 살고' 식의 앙코르 공연을 치밀하게 준비하기에 이른다.

조선시대에는 남편 있는 여인이 정절을 지키지 못하면 죽는 것이나 다름없었다. 그리고 남정네가 사대부의 부인을 겁간한 것이 들통 나면 참수형을 당해야 했다. 그렇지만 한 번 들인 맛(?)의 기억은 죽음과도 바꿀 수 있는 값진 것이어서 둘은 포기하지 않았다. 유감동은 남편의 눈을 속이고 터프가이를 만났고, 김여달은 죽음을 무릅쓰고 미모의 원님 부인을 품에 품고 운우지정의 황홀경에서 노닐었다.

유감동은 과감했다. 남편과 잠을 자다 뛰쳐나와 그 길로 줄행랑을 쳤다. 김여달을 찾아 한양으로 내달린 것이다. 한 번 젖은 돌은 두 번 젖지 않는다. 김여달이 집을 비우면 또 다른 남자를 집안으로 끌어들였다. 그것도 모자랐다. 낯선 이들을 낯설지 않게 만들어 치마폭에서 간을 절이고 숨을 죽였다. "행하(行下, 기생에게 주는 보수)만 준다면 누구라도 좋지요." 유감동의 이 말 한마디가 장안에 줄서기 풍경을 연출하기에 이르렀다.

유감동의 소문은 삽시에 퍼졌다. 한량들은 누구나 한 번쯤 만나보기를 소원했다. 연줄만 닿으면 어깨만 쳐도 나자빠지는 유감동과 즐기는 일은 그리 어려운 일이 아니었다. 유감동은 김여달의 품을 벗어나 영의정을 지낸 정탁의 첩으로 들어간 적이 있지만 대감의 조카 정효문을 끌어들여 숙질 사이의 위계질서를 동서지간으로 흩트려 놓기도 했다. 당시 유감동과 관계를 맺은 사내들은 드러난 숫자만 오십여 명에 이른다.

유감동과 몸을 섞은 사내들 명단에 황희 정승의 맏아들 황치신도 끼어 있다. 정승의 셋째 아들 수신도 미모의 기생과 오래 바람을 피우다 황희가 "부자지간의 연을 끊겠다"라는 폭탄선언을 하자 기방 출입을 자제한 적이 있다. 이렇듯 아들들의 바람기를 잠재우느라 아비인 황희 정승의 마음고생도 꽤나 심했으리라. 어쨌든 치신도 형벌은 피할 수 없어 곤장 팔십 대를 맞고 얼반 죽은 몸이 되어 집으로 실려 왔다고 역사는 전하고 있다.

지금 이 시점에서 우리는 유감동을 어떻게 봐야 할까. 성폭력 피해자임을 감안하여 그녀를 무조건 두둔하기도 그렇고, 성폭행 이후의 무절제한 음행을 이유로 희대의 음녀라고 침을 뱉을 수도 없다. 이럴 땐 용서와 배반을 모르는 칼날의 속성을 상기할 필요가 있다.

모든 깨진 상처는 칼날이 된다는데 유감동의 찢어진 몸과 마음의 상처도 칼집 속의 칼날로 머물러 있기를 거부하고 밖으로 뛰쳐나왔음이 분명하다. 성폭력 피해자들이 마음에 안정을 얻지 못하고 정신 분열 증세에 시달리거나 더러는 자포자기 심정으로 본의 아닌 엇길을 걷는 경우를 흔하게 볼 수 있다. 유감동의 탈선 음행도 성폭력 피해라는 원인에서 비롯되었다고 봐야 할 것 같다.

유감동은 당시의 법에 따라 곤장을 흠씬 두들겨 맞고 사면이 되어도 방면되지 못하는 변방의 노비로 전락했다. 안타까운 일이다. 훗날 성폭력 피해자들을 위로하는 추모비가 혹시 세워진다면 유감동의 이름 석 자도 함께 새겼으면 한다. '성폭력 피해자 원조 유감동'

참을 수 없는 정조의 가벼움

역사책을 읽을 때마다 진도가 잘 나가지 않는다. 헷갈리는 곳도 있고 나름대로 수정 보완해야 할 부분이 많기 때문이다. 내가 읽고 있는 책들은 쉽게 풀어 쓴 '야담과 실화' 같은 것들인데도 한 번씩 막히면 뚫릴 때까지 끙끙대야 한다.

최근 성현이 지은 『용재총화』의 어을우동 편과 세종조에 나라를 떠들썩하게 했던 유감동의 이야기를 읽다가 두 여인의 맘속으로 너무 깊숙이 들어가는 바람에 며칠 동안 머리가 혼란스러웠다. 한 여인은 남편에게서 소박을 맞고 또 다른 여인은 무뢰배에게 겁탈을 당한 후 집에서 뛰쳐나와 벌인 남성편력이 시대와 너무 동떨어진 기행이어서 충격이었다. 그리고 두 여인이 비슷하게 저지른 행위에 대해 성종은 교수형을, 세종은 변방으로 내쫓는 유배형으로 마무리 지었다. 죄질에 대한 형벌은 온당한지 그것도 의문스러웠다.

무거운 머리를 겨우겨우 수습하여 다음 장을 펼치니 정조를 지킨 기생이 사후 정려문을 하사받았다는 이야기가 『춘향전』보다 더 진한 감동으로 발목을 잡고 늘어진다. 앞서 말한 고을 원의 부인들은 이런저런 이유로 창기로 전락하고 말았는데 정조라는 낱말이 태생적으로 어울리지 않는 관기가 일부종사로 수절을 했다니 정말 장한 일인지 판단이 서질 않는다. 이럴 때마다 책장은 넘어가지 않고 온갖 생각이 맴을 돈다.

조선조 사대부들은 기생의 정조를 보호할 가치가 있는 품목으로 여기지 않았다. 자신이 취해도 되고 타인에게 대접해도 그만이며 짓밟다가 버려도 아무 상관없는 것으로 간주했다. 그러나 사려 깊은 선비들은 기생과 사랑을 나누면서 아름다운 꽃으로 인정했고, 어떤 이는 기생의 정조를 건드리지 않았다. 또 어떤 이는 죽을 때까지 기녀와의 사랑을 못 잊어 그리움을 안고 떠나기도 했다. 퇴계·율곡·주세붕 등이 그런 선비들이다.

일선(一仙)은 조선조 현종 때 함경도 단천군에 소속되어 있던 관기였다. 관노인 어머니를 따라 어릴 적부터 허드렛일을 하며 자랐다. 그녀는 열여섯 살 때 새로 부임해 온 군수의 아들 기인을 만난다. 흔히 사랑이 눈으로 오듯 두 사람은 처음 보는 순간 잃어버린 신발 한 짝을 찾은 듯 얼어붙고 만다. 일선은 거문고를 잘 탔고, 기인은 퉁소를 잘 불었다.

어느 늦은 밤, 공부를 하고 있던 기인은 달빛에 실려 온 거문고 소리에 홀려 문밖을 나선다. 마을 앞 냇가에서 들려오는 거문고 소리는 청아하면서도 애절한 떨림이 있었다. 일선의 연주가 잠시 머뭇거리자 기인은 단소를 꺼내 거문고와 통소의 합주곡인 〈매화삼롱(梅花三弄)〉을 불기 시작했다. 단소 연주가 그치면 이내 거문고가 따라 붙었고, 거문고가 잠시 숨을 고르면 피리가 물고 넘어졌다. 그것은 마치 애정에 겨운 남녀의 들숨과 날숨이 묘한 조화를 이뤄 아찔한 고개를 넘어가는 듯했다. 실제로 이날의 금소(琴簫) 합주가 두 사람의 영혼을 서로 교감케 하여 긴 시간의 탐색이 필요 없는 즉석 교합을 이루게 했다.

사랑에는 이별이 필수인가. 기인이 스물두 살 되던 해 진사시험에 합격하여 성균관에서 공부를 하기 위해 한양으로 떠나게 된다. 일선은 마운령까지 따라가 배웅하면서 서로의 머리털을 잘라 동심결을 맺으며 "잊지 말리라" 하고 언약한다. 그러나 벼슬길에 오른 임은 돌아오지 않았다.

그런 어느 날 단천에 안찰사가 순시를 왔다. 주석에서 일선을 본 안찰사가 마음에 들어 하자 군수는 "수청을 들라" 하고 명을 내린다. 일선은 "몸이 아프다"라는 핑계로 거절하자 난처해진 군수는 "당장 잡아 오라" 하며 고래고래 고함을 지른다. 그러나 나졸들이 몰려오자 일선은 우물 속으로 뛰어들어 끝까지 저항한다. 안찰사나 군수도 더 이상 강압하지 않았다. 그들은 춘향이를 탐낸 변 사또보다는 마음이 여린 사람들이었나 보다.

일선은 동심결을 꺼내 보는 것으로 그리움을 달랬다. 그런데 어느 하루는 애지중지하던 사랑의 정표를 꺼내 보니 머리털이 새하얗게 변해 있었다. 아니나 다를까 기인의 사망을 알리는 부음이 날아들었다. 일선은 금비녀 판 돈을 노자로 삼아 걸어서 한양으로 떠났다. 그녀는 본부인과 시어머니의 갖은 구박을 참으며 삼년상을 끝내고 단천으로 돌아와 평생 첫사랑의 연인 기인만을 그리워하다 생을 마쳤다.

천군에서는 일선의 기막힌 사연을 적어 정려문을 내려 달라는 상소를 올렸다. 이를 받아든 예조좌랑 김만중(『구운몽』의 저자)은 예조판서를 비롯한 당상관들을 설득하여 정조를 지킨 기녀에게 열녀비각을 내려 주었다.

책에서 이런 대목을 만나면 몹시 당황스럽다. 관기의 본분과 도리는 관청을 찾아오는 빈객을 접대하는 일이다. 다시 말하면 주연이 벌어지면 술을 따르고 노래하고 춤춰야 한다. 그리고 "수청을 들라" 하면 수청을 드는 게 당시의 관례였다. 따라서 일선이 정조를 지키기 위해 우물 속으로 달아난 행동은 기녀로서 직무유기이며 근무 태만은 혹시 아닐까. 그리고 관기 한 사람을 다루지 못한 군수도 지도력 부재로 직위해제 감이며, 안찰사도 지휘감독 책임을 물어 경고 조치 정도는 내려져야 하는 게 아닌가. 율법을 잘 아는 선지자가 아니어서 나는 잘 모르겠다.

내가 구백여 년 전의 일을 두고 가타부타 이의를 달면 여성가족부를 비롯한 무슨 연대라는 이름의 시민단체들이 피켓을 들고 벌 떼처럼 들고 일어날 것은 너무나 뻔하다. 그래서 저승에 계시는 판사에게 기생의 정조에 대한 견해를 물어보기로 했다. 그는 1955년에 있었던 세칭 '춤바람 난 자유부인 사건'을 맡아 "법은 보호할 가치가 있는 정조만 보호한다"는 명판결을 내린 권순영 판사다.

권 판사는 카바레를 돌아다니며 칠십여 명의 부녀자들을 농락한 박인수라는 한국판 돈판에게 "도덕적 죄(sin)는 저질렀어도 법률적 죄(crime)는 아니다"라며 무죄를 선고한 바 있다. "판사님, 기생의 정조는 보호할 가치가 있습니까 없습니까." "뚜뚜뚜" "잘 안 들립니다. 좀더 큰소리로 말씀해 주세요."

요즘 세상에 만연하고 있는 참을 수 없는 정조의 가벼움들. 예끼.

엽전과 바랑

외로운 사람은 소리가 아픔인 줄 안다. 소리의 근원을 따라가면 풍경을 만나게 된다. 풍경 속에는 그리운 사람이 살고 있다. 그러나 그리운 사람을 끝내 만날 수는 없다. 만날 수 없는 그리운 사람은 아무 쓸모없는 인간이다. 그래서 소리도 허무하고 풍경도 부질없다.

달빛이 내리는 소리를 들어본 적이 있는가. 외로운 사람은 달빛 내리는 차가운 소리를 들을 줄 안다. 달빛에 무슨 소리가 들리는지 묻지 마라. 우시장에 나온 암소가 먼저 팔려가는 젖먹이 송아지를 떠나보낼 때 목젖이 덜컹 내려앉는 소리나, 외로운 이에게 들리는 달빛 내리는 소리나 그게 그것이다. 외로운 사람들은 남들이 들을 수 없는 소리까지 들을 수 있다.

창문을 두드리는 빗소리, 첫눈이 소복소복 쌓이는 소리, 나뭇잎이 마당을 쓸고 지나가는 소리, 한설삭풍에 문풍지 우는 소리. 이런 소리들은 밤이 즐거운 사람에게는 아름답게 들릴지 모르지만 빈방을 지키는 이들에겐 가슴을 후벼 파는 쓸쓸한 소리로 들릴 뿐이다.

그래서 소리는 아픔이다.

연암 박지원이 쓴 『박씨부인전』에 이런 이야기가 나온다. 부인은 장성한 두 아들이 이웃 과부집 아들의 승진 문제를 두고 왈가왈부하는 광경을 지켜보다가 입을 연다. "왜, 과부의 자식이 승진하면 안 된다는 게냐. 너희가 과부의 심정을 눈곱만치라도 알고 하는 게냐." 그러면서 자신이 겪어 온 외롭고 안타까운 인고의 세월을 견디게 해 준 닳고 닳은 엽전 하나를 꺼내 보여 준다.

"이 엽전은 내가 외로움을 느끼는 밤마다 만지고 굴린 것으로 글자가 모두 지워진 것이다. 끓는 피의 외침은 아녀자의 의지나 인내로는 쉽게 막을 수가 없었단다. 그럴 때마다 이 엽전을 꺼내 다섯 번이나 여섯 번을 굴리고 나면 붉게 동트는 새벽이 왔단다. 너희들도 과부의 자식인데 어미의 심정을 이렇게 모르다니…." 그제야 두 아들들이 꿇어 엎디어 울면서 자신의 잘못을 빌었다.

세조 때 영양군 이응의 손녀 이씨는 정반대의 삶을 산 여인이다. 양가에서 태어난 이씨는 단양군사인 남의라는 사람에게 시집을 갔으나 인물이 볼품없어 마음이 끌리지 않았다. 그러다가 신랑이 병들어 죽었다. 외로움에 지친 이씨는 달빛 내리는 소리가 귓전에 들릴 무렵 탁발 나온 젊은 승려를 안방으로 끌어들여 진한 정사를 벌인다.

도둑질도 처음 할 때 손이 떨리지만 두세 번 넘어가면 일상이 되고 네다섯 번으로 경험이 늘어나면 버릇이 되는 법. 이씨는 앙코르 요청에 쉽게 응해 주는 탁발승에게 고액의 개런티를 시줏돈이란 이름으로 바랑을 채워 주었다. 육보시에 눈이 어두워진 탁발승은 하루가 멀다 하고 나무아미타불을 앞세워 가랑이 사이의 요령 방울을 흔들며 찾아왔다. 어머나! 나무관세음보살.

입소문이 나면서 동네 아낙들이 집안을 기웃거리기 시작하자 이씨는 이웃집 노파의 방 한 칸을 빌려 탁발승과의 그 짓을 계속했다. 공연 중에 문득 꾀 한 수가 떠올랐다. 무대를 빌려 장기 공연을 하는 극단은 아예 극장을 사 버리듯 바람만 피울 것이 아니라 개가를 하면 나쁜 소문을 잠재울 수 있을 것 같았다. 허기진 성은 덤으로 해결할 수도 있고. "그래, 양도(陽道)가 있고 장위(壯偉)한 남정네에게 시집을 가는 거야."

이씨는 친정어머니를 찾아가 상의한 끝에 남편의 신주를 시댁으로 돌려보내며 절연을 통지했다. 그리고 중매꾼을 넣어 인물 좋고 기골이 장대한 첩지 유균을 새 남편으로 맞이했다. 이씨의 개가를 유모도 말렸고 늙은 노비도 말렸지만 황홀한 밤의 유희만을 생각하는 이씨의 귀에 그 말이 들릴 리 없었다.

두 사람은 밤을 낮같이 보낸 십 년 세월 동안 아들을 줄줄이 사탕 엮듯 무려 열 명을 낳았다. 유균의 동료들은 이들 부부의 얼굴을 넣은 동뢰(同牢, 부부의 동침)하는 장면을 관청의 벽에 벽화처럼 그려 희롱했지만 그들은 개의치 않았다. 유균은 방사에 너무 많은 기를 빼앗긴 탓인지 이씨를 만난 지 십 년 만에 병을 얻어 죽어 버렸다.

남편을 잃은 이씨는 또다시 탁발승을 불러 들였는지 어쨌는지는 『조선왕조실록』은 더 이상 기록하지 않고 있다.

자, 그러면 정말로 하고 싶은 얘기를 하기로 하자. 어머니는 내가 네 살 때인 서른넷이란 젊은 나이에 아버지를 저승으로 떠나보내고 청상이 되셨다. 위로 누님 셋, 막내인 남동생이 태어난 지 오십팔 일 만이었다. 평생 농사일에 매달려 골몰하셨던 어머니도 우리 오남매가 곤히 자고 있는 한밤중에 홀로 일어나 엽전을 굴렸을까. 우리 집에는 엽전이라고는 한 닢도 없는데 어머니는 끓는 피의 투정을 무엇으로 다독였을까.

우리 집에도 바랑을 짊어진 풍채 좋은 탁발승이라도 더러 찾아 왔으면 좋으련만 까까머리 땡초도 얼씬거리지 않았다. 독실한 기독교 신자인 어머니는 예수 그리스도를 풍경 속의 남편처럼 섬기다가 수절 오십사 년 만인 미수(米壽)로 이승을 하직하셨다.

어머니는 어둠이 깔린 후 달빛 내리는 소리 같은 그런 허무하고 적막한 소리들을 들으면서 평생을 참고 견뎠으리라. 엽전도 바랑 짊어진 탁발승도 찾아오지 않는 외로운 사람에게는 소리가 정말 아픔이네. 소리가 정말 아픔이야. 바랑 스님 타불, 우리 엄마 아멘.

사랑은 미친 짓인가

제주 하늘에는 맑은 혼 하나가 떠돌고 있다. 그 혼은 먹구름 낀 날 한라산 꼭대기의 천둥소리로 울다가, 빛 밝은 날엔 백록담 위로 줄을 그으며 날아가는 새의 발자국으로 변하기도 한다. 홍랑으로 알려져 있는 홍윤애란 여인의 원혼은 죽은 지 이백 년이 지났건만 아직도 잠들지 못하고 허공을 떠돌고 있다.

홍랑은 귀양 온 선비를 사랑하다 정적인 사또의 곤장에 맞아 죽은 한 많은 여인이다. 그녀는 목숨의 끈을 쥐고 있는 사또가 시키는 대로 "예, 맞습니다"라는 말 한마디만 했더라면 살아날 수 있었다. 아무리 고문이 무서워도 거짓 자백을 하지 않았던 많은 민주투사들처럼 '아닌 것은 아니다'라고 버렸다. 그래서 그녀는 죽임을 당했다. 태어난 지 백 일도 안 되는 젖먹이를 남겨 둔 채.

공포란 말은 '익숙한 곳에서의 낯섦'이다. 쓰나미가 휘젓고 지나간 해변마을의 참상. 정든 거리와 골목에 사람은커녕 개 한 마리조차 보이지 않을 때 느끼는 기분. 곤장 칠십 대를 맞은 다음 대들보에 거꾸로 매달려 피범벅이 된 눈으로 희미하게 보이는 풍경은 바로 공포의 절정이다. 홍랑은 사또의 동헌 마루 그 익숙한 이승에서 낯선 저승으로 떠났다.

홍랑은 정조 원년(1777) 임금 시해사건에 연루되어 제주로 유배 온 선비 조정철을 사랑했다. 스물다섯에 대과에 급제한 전도유망한 선비인 조정철은 이곳 제주에서 스스로 마음의 문을 걸어 잠그고 자폐증 환자처럼 고독한 나날을 보내고 있었다. 선비의 아내는 친정이 역적으로 몰리자 삼 년 전에 목숨을 끊었다. 선비 역시 삶과 죽음의 경계마저 허물어져 살아갈 의욕과 희망을 포기한 상태였다.

이 틈을 비집고 든 것이 바로 홍랑이란 주인집 아씨였다. 홍랑은 남의 눈을 피해 야밤이나 이른 새벽에 선비의 처소를 드나들며 식사와 빨래 뒷바라지를 했다. 세월이 흐르면서 시중을 드는 존경의 마음과 받아들이는 감사의 마음이 포개져 두 사람 사이에 그리움이란 긴 강물이 흐르게 된다. 사랑에는 결실이 있는 법, 유배 오 년 되던 해 그들 사이에 예쁜 딸이 태어나게 된다.

사랑하는 사람과 함께라면 귀양살이의 어려움도 사실은 별게 아니다. 그러나 세상 이치에는 호사다마란 게 있어 선(善) 속에는 반드시 악(惡)이 끼어들 게 마련이다.

조정철의 집안과는 불구대천의 원수지간인 김시구가 제주목사로 부임한다. 신임 목사는 부임하자마자 귀양 와 있는 선비를 죽일 요량으로 홍랑의 순애보부터 갈기갈기 찢어 놓는다. 『춘향전』이나 『로 미오와 줄리엣』은 소설이나 희곡 속에서 지어낸 이야기지만 제주의 『홍랑전』은 엄연한 실화이기 때문에 더 가슴이 아리고 애절한 것이다.

김시구에 비하면 『춘향전』의 변 사또는 그래도 인간적인 사람이다. 기생의 딸 춘향이가 보기만 해도 덜컥 숨이 막히는 절색인데 고을의 사또가 어찌 꼴깍 침이 넘어가지 않겠는가. 취재 중인 여기자에게 성추행을 하고도 의원직을 포기하지 않고 끝까지 버틴 우리나라 국회의원에 비하면 열 배, 스무 배쯤 순진하다. 춘향에게 "수청을 들라" 하고 고함을 지른 변 사또에게 오히려 풍류기를 느낀다면 조금 심한 표현일까. 내가 만일 그 시절 남원 고을의 사또라 해도 춘향이를 가만히 보고만 있지는 않았을 것이다. 정말이다.

그러나 제주목사는 인정도 사정도 없는 냉혈한이었다. 그는 '유배인들이 다시 임금의 시해음모를 꾸미고 있다'는 각본을 만들어 놓고 그 틀 속에 홍랑을 집어넣어 혹독한 문초를 하다 무고한 사람을 죽이고 만다.

그래서 홍랑은 대들보에 거꾸로 매달려 숨을 거둔 것이다. 홍랑은 목숨을 버리고 사랑하는 이를 살린다면 그게 행복이라고 생각했을 것이다. 예수도 창에 허리가 찔리자 "엘리 엘리 라마 사박다니(주여 주여 나를 버리시나이까)"라고 외쳤지만 홍랑은 어느 누구도 원망하지 않았다. 얼굴은 피범벅인 채, 불은 젖가슴은 터질 듯했지만 사랑하는 마음은 모든 걸 참아 내게 했다.

홍랑의 죽음은 헛되지 않았다. 선비는 홍랑이 죽은 후에도 정의현과 추자도에서 무려 이십이 년간 귀양살이를 했지만 생을 포기하지 않았다. 마침내 사면복권이 이뤄져 선비는 다시 벼슬길에 올라 제주목사 겸 전라방어사가 되어 제주로 돌아오게 된다.

눈물과 회한의 땅 제주. 조정철은 임지에 부임하던 날 관리들의 영접을 마다하고 남성 밖 한내(漢川)가에 있는 홍랑의 무덤을 찾아가 어미 없이 자란 딸과 함께 대성통곡하며 밤을 지새운다. 그리고 무덤을 단장하고 비를 세운다.

옥 같던 그대 얼굴 묻힌 지 몇 해던가
누가 그대의 원한을 하늘에 호소할 수 있으리
황천길은 먼데 누굴 의지해 돌아갔는가
진한 피 깊이 간직하고 죽고 나도 인연은 이어졌네.

조정철은 일 년 남짓 제주목사로 있을 동안 외로운 혼으로 떠돌고 있을 홍랑을 위해 한라산 꼭대기 백록담 절벽에 '조정철, 정유년에 귀양 와 경술년에 풀려났다'는 통한의 글을 음각으로 커다랗게 새겨두었다. 선비의 이름이 새겨진 바위가 세월의 풍상을 이기지 못하고 백록담 아래로 굴러 떨어졌지만 다행히 흙 속에 묻히지 않고 지금까지 보존되고 있다.

그것은 아마 홍랑의 혼이 한라산 꼭대기 먹구름 속 천둥소리로 울면서 사랑을 지켜 낸 결실이자 보람이 아닐까. 이래도 사랑이 미친 짓인가.

무덤 속에 나는 없네

장맛비 내리는 이른 아침에 앉아서 중국 여행을 한다. 몸은 가만히 있고 마음만 떠나는 나만의 여행은 참으로 재미있고 멋지다. 생각나는 대로 달리고 기분이 내키면 멎고 제멋대로지만 자유로워서 참 좋다. 옛 시에 "좁은 방에서도 시름 모두 버리면 단청 올린 들보에 구름이 날고, 술 석 잔 마신 후에 참마음 얻는다면 거문고를 달빛 아래 비껴 타고 맑은 바람 속에 피리를 부네"란 구절이 기억나 이 아침의 생각 여행이 참으로 근사하다.

오늘 여행의 종착지는 호남성 멱라현에 있는 마교라는 곳이다. 중국 지도가 없어 그곳이 어딘지도 모르고 여태 가 본 적도 없는 두메 산골이다. 그렇지만 나는 간다. 다만 한소공이란 작가가 『마교사전』 이란 그의 자전적 소설에서 일러 준 단서를 나침판 삼아 허방을 짚어 가며 그렇게 찾아간다. 생각은 항상 심속(心速)으로 달리기 때문에 길이 멀고 험한 것은 크게 장애가 되지 않는다.

풍경만 보고 즐기는 여행은 초급이다. 그렇게 하느니 스위스의 풍광을 찍은 달력을 보는 것이 차라리 낫다. 여행을 하면서 풍경 속에서 사람을 만나면 중급이다. 사람은 풍경의 일부이기 때문에 만나는 그들이 여행의 진한 맛을 더해 주는 경우가 왕왕 있다. 여기에다 음식을 곁들이면 최고급이다. '금강산이 식후경'이란 표현은 진부하지만 사실이다. 발정기의 암놈 새를 오만 아양을 떨어 가며 초대한 수컷이 우선 무엇을 먹인 후 본론에 들어가는 동물의 왕국은 리얼리즘의 극치다. 나는 오늘 최고급 여행을 하려 한다.

사실 마교의 풍광은 별것 아니다. 산천은 문화혁명을 거치는 기간 중에 벌거숭이로 변했고, 강물 속의 민물고기와 주변의 풀꽃들만 아름다운 중국 강산을 유지하기 위해 안간힘을 쓰고 있다. 그러니 가난한 주민들의 먹거리래야 고구마·옥수수 따위가 고작이고, 고기 맛을 보지 못한 얼굴들은, 영양부족이란 붓이 아무렇게나 황칠한 푸르딩딩한 몰골들이다.

나는 오늘 마교 마을에 살았던 무공의 큰아들 염조를 만난 후 염자인지 염숙이인지 소설 속에는 이름을 밝히지 않은 그의 누나를 만나 긴 이야기를 나눴으면 한다. 염조의 누나는 예수와 석가가 실현하고자 했던 사랑과 자비정신 모두를 합쳐도 따라잡기 힘든 일을 자진해서 실천하려 한 성인 반열에 드는 그런 여인이다. 내 혼자 생각이긴 하지만 만약 예수가 재림하여 이 땅에 다시 오셔서 그녀를 만난다면 두 손을 마주 잡고 진정 어린 목소리로 "언니야. 정말 마음고생이 심했제" 하고 위로해 줘도 그 고통이 풀릴까 말까 할 정도이다.

염조의 누나는 가난한 동생 둘을 고향 마을에 두고 평강현으로 시집을 갔다. 동생들이 걱정 되어 더러 친정에 들리면 온기 없는 빈방엔 식은 죽 그릇을 파리 떼가 차지하고 있었다. 이불도 하나밖에 없었다. 할 수 없이 한 이불을 장성한 오누이가 함께 덮어야 했다. 비가 억수같이 오는 밤, 발밑이 허전하여 누나가 일어나 보니 동생이 이불 밖에 쪼그리고 앉아 울고 있었다.

누나가 연유를 물었으나 대답 대신 부엌으로 나가 새끼를 꼬기 시작했다. 누나는 얼른 알아차리고 떨리는 손으로 동생을 끌어안으며 이렇게 말했다. "그래 참지 못하겠으면 그냥 모르는 사람이라 생각하고 한 번만이라도 여자의 맛을 느껴 보렴." 누나의 속옷 매듭은 이미 풀려 있었다. 눈 덮인 쌍분 같은 흰 젖가슴이 동생의 눈앞에 펼쳐져 있었다. "어서 이리 와. 한 번 그래 봐. 뭐라고 하지 않을게." 동생은 도망치듯 문을 박차고 뛰어나가 버렸다.

이튿날 아침, 누나는 고구마 한 사발을 삶아 놓고, 헤진 저고리를 빨고 기워 윗목에 접어 두고 질척거리는 길을 따라 비바람과 함께 사라졌다. 누나는 다시는 마교 마을에 들르지 않았다. 동생도 그 일이 있고 난 후 입이 있어도 말하지 못하는 벙어리가 되어 마을 주변을 떠돌다 어느 비오는 밤에 바람처럼 사라져 버렸다. 그가 가는 곳이 어딘지는 아무도 몰랐다.

장맛비 내리는 아침에 떠난 나의 마교 여행은 실패로 끝났다. 풍경도 그렇거니와 비바람 속으로 떠나 버린 염조와 그의 누나도 행적을 몰라 찾을 수가 없었다. 게다가 사람들을 만날 수가 없었으니 강냉이죽 한 그릇도 얻어먹지 못하고 그들 두 오뉘가 떠나 버린 길을 따라 비바람을 타고 돌아올 수밖에 없었다.

돌아오는 길에 나는 내내 울었다. 생애 동안 지금까지 읽었거나 들어온 이야기 중에 이보다 더 슬픈 얘기는 없었기 때문이다. 벙어리 염조를 생각하면 눈물 한 줄금 쏟아지고, 그의 누나를 떠올리면 목이 끅끅 막혀 빗길을 더 이상 걸을 수가 없었다.

갑자기 노래 한 소절이 비바람의 등을 타고 내 귀를 흔든다. 일본 가수 아키카와 마사후미가 부른 〈천의 바람이 되어〉란 애절한 노랫소리다. 전쟁터에 나선 어느 병사가 "자신이 죽으면 부모님께 보내달라"며 써 두었던 주머니 속의 시 한 구절이다. 그는 테러 전에 희생되고 말았지만 시는 노래로 다시 태어나 이렇게 심금을 울린다.

"내 무덤 앞에서 울지 마세요. 거기에 난 없답니다. 잠들어 있지 않아요. 천의 바람이 되어 천의 바람이 되어 저 광활한 하늘을 건너고 있어요."

마교 마을의 염조와 그의 누나도 무덤 속에 머물지 못하고 천의 바람이 되어 저 광활한 하늘을 떠돌고 있을 것 같다. 창밖에는 장맛비가 쏟아지고 비에 젖은 유리창도 나처럼 울고 있다.

저무는 것이 어찌 목숨뿐이랴

사랑에는 국경이 없다. 맞는 말이기도 하고 틀린 말이기도 하다. 사랑에도 국경은 엄연히 존재하고 그걸 뛰어넘기란 몹시 어렵다. 간혹 사랑에 성공한 사람들이 "국경은 없다"라고 말하곤 하지만 인종과 민족 그리고 종교와 문화가 다른 남녀가 국경을 무너뜨리고 사랑에 성공하기란 그리 쉬운 일은 아니다.

〈국경의 남쪽(South of Border)〉은 분명 그림의 떡과 같은 이상향이다. 미국 사람들이 즐겨 부르던 이 노래도 그렇고, 이 제목을 붙인 우리 영화도 국경이란 장벽은 절망과 비애로 엮어져 있는 철조망임을 무언으로 말해 주고 있다. 국경은 도전하는 사람들에게 항상 한계 상황에서 뛰어넘을 것을 강요하고 있지만 그걸 극복하지 못하는 이들에겐 좌절과 공포만을 안겨줄 뿐이다.

우리나라 삼팔선은 국경 아닌 국경이다. 고려대 어느 교수는 방북단의 일원으로 몇 년 전 평양에 간 적이 있다. 스물일곱 난 가이드 아가씨가 너무 착하고 예뻐 며느리로 삼고 싶어 했다. 본인의 동의

도 얻어 냈고 여러 여건이 성숙되었다. 그리고 아가씨를 만나 보지 못한 아들도 내심 그리기를 바랐지만 남과 북 사이에 놓인 국경이 이를 허락하지 않았다.

최근에는 금강산 특구에서 호텔 건설에 참여하고 있는 한국의 리조트회사 직원과 그곳 음식점에서 일하고 있는 북쪽 아가씨가 서로 사랑하여 결혼을 약속한 사이라고 한다. 남남북녀의 연애 소식이 알려지자 이를 성사시키기 위해 양측 회사 간부들이 발 벗고 나섰지만 아직 이렇다 할 답변을 얻어 내지 못하고 있다. 북한 당국은 금강산과 개성공단에서 일하고 있는 직원들이 남쪽 사람들과의 개별 접촉을 엄격하게 금하고 있기 때문이다. 북측의 특별한 배려가 없는 한 애틋한 사랑이 또다시 국경 앞에서 무너져 내리는 소식을 들어야 한다.

우리 가요에는 수많은 사랑과 이별의 노래가 있다. 그중에서 "사랑해선 안 될 사람을 / 사랑하는 죄이라서 / 말 못하는 내 가슴은 / 이 밤도 울어야 하나"란 김정호가 부른 〈꿈속의 사랑〉이란 노래가 오랜 세월 동안 사랑을 받아 왔다. 우리 국민들은 형벌과도 같은 '사랑해선 안 될 사람을 사랑하는 죄'를 이 노래를 부르며 사함을 받거나 대리만족을 느꼈으리라.

사랑해선 안 될 사람은 어떤 사람인가. 답은 간단하다. 데리고 살 수 없는 사람이다. 좀더 풀어 쓰면 가까운 근친 사이, 원수지간의 가문과 가문 사이, 균형의 비가 맞지 않는 관계, 종교가 다른 이교도,

'적과의 동침'에 해당되는 이민족 등등 나열하면 수없이 많다. 그러나 조국과 부모를 버리고 타국 또는 타지로 달아나 사랑을 얻는 경우도 더러 있다. 그러나 사랑해선 안 될 사람을 사랑한 죄는 대부분 비참한 종말을 각오하지 않으면 안 된다.

조선조 세종 때 비참한 죽음으로 막을 내린 사랑 얘기를 꺼내 보자. 부모가 일찍 죽은 경북 청송의 양반 가문의 딸 가이는 집안 종인 부금을 사랑하게 된다. 가이는 자라면서 모든 집안일을 부금과 상의하면서 사랑의 싹이 트게 되었다. 가이를 업어 키우다시피 한 부금은 점차 처녀티를 내는 주인아씨께 마음이 쏠리게 되고 가이도 다른 청년들이 눈에 들지 않았다.

조선의 국법은 양반과 천민의 혼인을 엄하게 금하고 있었다. 그렇지만 사랑하는 두 남녀는 주위의 시선을 무시하고 혼례를 올리고 슬하에 자식까지 두었다. 그러나 법을 만든 양반들이 그냥 두지 않았다. 그들의 고발로 관아에 끌려 온 부부에게 관찰사는 "두 사람은 이혼하고 여인은 왜관에 있는 왜인 손다(孫多)에게 시집을 가라" 하고 희한한 판결을 내린다. 양반을 모독한 가이에게 씻을 수 없는 치욕을 준 것이다.

가이는 판결을 따르기는 했지만 사랑하는 남편과 자식을 떠나 한시도 살 수 없었다. 그리움은 잃음으로써 얻어지는 질병이다. 가이는 채워지지 않고서는 결코 낫지 않는 그리움이란 병에 걸려 헤어나질 못한다. 사랑하지 않는 새 남편의 품을 벗어나기 위해 몰래 부금에게 편지를 보낸다. 여러 날 걸어 왜관으로 달려온 부금에게 "손다를 죽여서라도 이 수렁에서 꺼내 달라" 하고 매달린다.

청송으로 돌아간 부금은 이웃인 이내근내(李乃斤乃)와 함께 왜관으로 다시 가 왜인 손다를 죽이고 아내인 가이와 함께 청송으로 돌아왔다. 이 살인사건의 조사를 맡은 형조판서 노한은 이 사건이 양반집 딸 가이의 사랑해선 안 될 사랑 때문에 일어난 것임을 밝혀내고 임금에게 자초지종을 보고했다. 세종은 "부금은 목을 베는 참수형에 처하고, 가이와 이내근내는 교수형에 처하라" 하고 판결하여 반상 간 어렵게 이뤄진 애달픈 사랑에 금줄을 그어 버렸다.

사형 선고를 받은 가이는 형 집행관인 관찰사에게 "남편의 사체를 자신의 손으로 안장한 다음 교수형에 처해 달라"라고 탄원하여 부금을 팔공산 자락에 묻었다. 그런 후 옥리에게 비녀를 빼 주며 "교수형을 당한 후 남편 곁에 묻어 달라"는 청을 넣어 사랑하는 이의 품에 안겨 영원 속에 잠들게 된다.

해 질 녘, 팔공산 산행을 마치고 내려오는 길에 폭포골 입구 개울가에 눈여겨봐 둔 폐묘를 가이와 부금의 합장묘쯤으로 생각하고 그 앞에 퍼질러 앉아 술이나 한 잔 마시고 싶다. 그러면서 가이에게 한 잔, 부금에게 두어 잔 술을 따르면서 못다 피운 그들의 사랑에 따뜻한 위로의 헌시 한 수를 바치고 싶다.

"저무는 것이 어찌 사랑뿐이랴. 저무는 것이 어찌 목숨뿐이랴."

미래를 적는 비망록

마음속 다짐은 약속보다 더 중요하다. 약속은 타인과의 언약이어서 한 사람 또는 몇몇 사람에게 신의를 잃으면 그만이다. 그러나 맘속 다짐은 자신과의 약속이어서 그걸 깬다는 것은 자신을 버리는 일과 같다. 이 세상에서 가장 값진 것은 자신이다. 자신은 자식보다, 부모 형제보다, 하나님보다 더 귀중한 존재다. 귀한 것은 차마 버릴 수 없다.

친구 중의 한 사람은 약속은 밥 먹듯 하는데 그걸 좀체 지키지 않는다. 그러니까 그의 일상은 헛약속에서 출발하여 공약(空約)으로 하루를 끝내기가 보통이다. 그는 길가다 친구를 만나면 "다음 주 언제 만나 술 한잔 하자" 하는 게 통상 인사다. 새벽 산책길에 만나도 그 인사며, 해거름에 술집 앞에서 만나도 토씨 하나 틀리지 않는 인사를 건넨다. 그 친구의 별명이 '다음 주 술 한잔'으로 불린 지가 퍽 오래 되었다.

약속을 마음으로 하지 않고 입술로 먼저 하는 사람들이 꽤나 많다. 그런 사람들은 하나같이 '사람 좋은 사람'이긴 하나 '별 볼일 없는 사람'들이다. 마음속 다짐을 '미래'라는 비망록에 적어 뒀다가 이를 실천한 기녀의 얘기를 타산지석으로 삼고자 한다.

조선조 영조 때 함흥 기생 가련의 이야기다. 나이가 어려 아직 동기(童妓)도 되지 못한 가련이가 열린 쪽문을 내다보니 두 거지가 이를 잡고 있었다. 젊은 거지가 이를 다 잡은 옷을 나이가 좀 든 듯한 거지에게 입히고 머리를 조아렸다. 나이 든 거지는 거지답잖게 손이 흰 귀골이었다. 가련은 두 사람은 거지가 아니라 말로만 듣던 암행어사일 거란 생각을 하고 자신의 상상을 주변에 얘기했다.

거지는 가련의 추측대로 암행어사 이광덕이었다. 미리 소문이 돈 탓에 아무리 조사를 해도 관가의 부정과 비리를 밝힐 수가 없었다. 어사 일행은 소문을 낸 출처를 밝히기 시작했다. 그런데 진원지는 일곱 살 난 기루의 계집아이였다.

"어사출두를 어떻게 알았느냐." "종자를 거느리고 손이 흰 거지는 어린 눈으로 봐도 분명 암행어사 같아 보였습니다. 그래서 주인마님에게 본 대로 이야기를 한 것입니다." "총명하구나. 앞으로 큰 인물이 되겠구나."

아이의 재주가 총명하니 문사라 부를 만하고
옥용이 아리따우니 한 떨기 꽃과 같구나
아직은 봉오리가 열리지 않았으나
만개하면 관북의 진랑(황진이)이 되리라.

이광덕은 즉석에서 시 한 수를 지어 가련에게 주었다. "네게 주는 것이다." 그런데 아이의 대답이 걸작이다. "이 시문을 정표로 간직하겠습니다." 가련은 기방에 출입하는 사대부들과 기녀 사이에 정표를 주고받는 습속을 이미 터득하고 있었다. 가련은 어사가 내려준 시 한 수를 가슴에 간직하면서 맘속으로 굳은 다짐을 한 것이다. "그대는 내 남자야."

세월은 흘러 흘러 수십 년이 지나갔다. 이광덕이 소론의 탄핵을 받아 함흥으로 귀양을 오게 됐다. 그런데 밤마다 위리안치 처소 밖에서 〈적벽가〉와 〈출사표〉를 부르는 여인의 목소리가 들려왔다. 어느 날 밤 가시 울타리를 사이에 두고 어사와 가련이가 마주 서게 되었다. "매일 밤 이곳을 찾아와서 노래를 부르는 무슨 사연이 있느냐." "저는 가련이입니다. 옛날 나리께서 시 한 수를 소녀에게 정표로 준 적이 있습니다." "그래, 이제야 알겠구나." "소녀는 나리를 모시기 위해 평생을 기다렸습니다." "오, 그래."

미색이 뛰어난 가련은 동비에서 기생으로 커 오는 동안 주변의 사대부들로부터 숱한 유혹과 협박을 받았지만 정표를 주고 떠난 이광덕을 그리면서 정조를 지켜 왔다. 기생이 정조를 지킨다는 것은 고기 밥상 앞에 앉아 밥을 굶는 것처럼 어려운 일이었다. 그렇지만 자신이 스스로에게 손가락을 걸고 맹세한 약속을 어길 수가 없어 '다음 주 술 한잔' 같은 허튼수작은 아예 부리지 않았다.

몇 년 뒤 귀양이 풀려 이광덕은 자유의 몸이 되었다. 정표를 준 지

몇십 년, 귀양살이 뒷바라지 몇 년 만에 두 사람은 처음으로 손을 잡아 보고 그날밤 한몸이 되었다. 한양으로 떠나는 이광덕은 '양계(兩界)의 금(禁)'이란, 다시 말하면 '관북 관서 지방의 기생은 한양으로 데려올 수 없다'는 관습 때문에 또다시 가련과 헤어져야 했다.

수십 년이란 기다림의 인연을 단 하룻밤의 꿈으로 묻어 버린 두 사람은 다음날 아침 함관령이란 고갯마루에서 '떠나야 하고 보내야 하는' 별리 의식을 치러야 했다. 오지 않는 것은 가서 가져오면 되지만 굳이 가야 하는 것은 이렇게 빈손으로 보내야 하나. 이날 이후 두 사람은 다시는 만나지 못한다. 이광덕은 한양으로 올라간 지 몇 달 뒤에 병으로 죽고, 가련은 그 소식을 듣고 제갈공명의 출사표를 슬픈 가락으로 한 곡조 부르고 자결하고 만다.

훗날 함흥을 지나던 암행어사 박문수가 이 이야기를 듣고 가련의 무덤 앞에 '함관여협 가련지묘(咸關女俠 可憐之墓)'란 비석을 세워 주었다. 약속은 이런 것이다. 맘속 다짐이란 게 이렇게 무섭도록 질긴 것이다. "야, 임마! 다음 주 술 한잔아! 이 글 잘 읽고 진짜 다음 주에 술이나 한잔 사라. 알겠제."

추억은 불륜이 아니다

자랑이 많은 사람에게선 생선 비린내가 난다. 비린내가 나는 생선은 제 몸에서 나는 냄새가 비린 줄을 모른다. 향수쯤으로 여긴다. 비린 생선의 역한 냄새는 얼굴을 돌려 코를 막게 한다. 자랑은 우월이란 착각이 빚어낸 못난 추태다.

익지 않은 벼는 고개를 쳐들고 있다. 벼 이삭은 잘 팰수록 고개를 숙인다. 고개를 뻣뻣하게 치켜세운 벼는 비린내 나는 생선과 같다. 농부의 혀끝에 '쯧쯧' 하는 한탄을 불러낸다. 사람 중에도 비린 생선과 덜 익은 벼이삭같이 자랑은 많은데 실속이 없는 이들이 더러 있다. 주변 사람들이 코를 막고 등을 돌리지만 당사자는 그걸 모른다.

지인 중의 한 사람은 자랑이 아주 심하다. 그는 자랑뿐 아니라 거짓말도 도가 넘어 별명이 '달싹'이다. 입술만 달싹하면 자랑 아니면 거짓말이기 때문에 아무도 그의 말은 믿지 않는다. 친구들 사이에 황당무계한 소문이 퍼질 때마다 그가 곧잘 진원지가 되곤 한다.

자랑은 '자기 것이 가장 좋다'는 잘못된 관념 또는 의식의 실수에서 비롯된다. '미스터 달싹'의 경우를 보자. 육십년대 말 그는 브리사라는 소형차를 타고 다니면서 "세상에 이 차만치 좋은 차가 없노라" 하고 호언했다. 그러던 것이 포니 시대에 접어들어서는 "포니가 좋다"라고 하다가 다시 로열 살롱이란 세단으로 바꾸곤 온통 "로열, 로열" 하면서 호들갑을 떨었다.

그 후에는 "내가 타 본 차 중에 그랜저만 한 차가 없더라" 하며 어느새 대형차 예찬자로 바뀌었다. 그의 일생은 한마디로 달싹 입술에 카멜레온 의상까지 걸치고 온갖 난리를 치고 다녔다. 그는 지난해 겨울, 간이 부어 죽었지만 영안실을 찾아가 문상을 한 친구는 드물었다. 아무도 "달싹이가 죽었다"라는 소문을 믿지 않았다.

우리 옛 선비들은 어떤 자랑을 하고 지냈을까. 홍만종이 쓴 『명엽지해』란 책을 보니 선비의 자랑이 하도 순진하고 귀여운 구석이 있어 감히 여기에 옮겨 본다.

경상도 관찰사를 지낸 두 어른이 어느 지방 토호의 초대를 받아 시골 정자에서 담소를 나누게 됐다. 원래 화제라는 게 시와 때에 따라 종횡무진으로 달리면서 간혹 자랑과 과장도 섞이기 마련인 법. 나이와 벼슬이 고만고만한 터수여서 이야기는 옛날 사또 시절에 데리고 놀던 기생 이야기로 거슬러 올라갔다.

밀양 영남루에서 푸짐하게 술판을 벌인 가운데 기생과 놀아 본 사또는 "영남루야말로 최고 풍광을 지닌 누각"이라고 말했다. 그러자 촉석루에서 분탕질을 쳐 본 경험이 있는 사또는 "진주 기생과 촉석

루에서 뒹굴어 보지 않고선 풍류를 이야기하지 말라"라고 기고만장
했다.

두 어른의 접대를 맡았던 어느 작은 고을에서 원님을 지낸 낭관
이 이야기를 다 듣고 나더니 이렇게 말했다. "촉석루와 영남루가 경
치는 뛰어나겠지만 제 생각엔 상주의 송원보다는 못한 것 같습니다"
하고 입을 뗐다.

의외라는 듯 옆에 앉아 있던 사또가 "송원은 산모롱이가 잘록한
언덕 아래 있고 주변에 겨우 도랑물이 흐르는 정도인데 그걸 경치라
할 수 있소. 먼 산과 너른 들판은 그런대로 볼 만하지만 푸른 대나무
밭으로 내리는 안개구름의 운치는 아예 없어서 그다지 흥이 나지 않
을 곳인데 어찌하여 그런 곳을 추천하오. 무슨 얘깃거리라도 있소"
라고 기를 죽였다. 그러자 낭관은 아주 자신 있는 어조로 송원의 추
억을 풀어냈다.

"젊은 시절, 남쪽을 유람할 때 상주 기생에게 정을 준 적이 있었
습니다. 떠나기 전날 둘은 말을 몰아 송원에 이르게 되었지요. 갑자
기 가을비가 내리는데 날이 어두워져 하는 수 없이 허물어진 빈집의
창가에 나란히 누워 밤을 보내게 되었지요. 내 어찌 그 밤의 기억을
잊을 수 있겠습니까. 눈 한 번 붙이지 못한 아름다운 밤이 눈 깜짝할
사이에 지나가고 새벽이 왔습니다. 말머리를 돌려 자꾸 멀어지는 송
원을 열 걸음에 아홉 번을 뒤돌아보았습니다. 지금 이 순간에도 쓸
쓸한 들판 풍경 속에 서 있는 아름다운 여인의 얼굴이 너무나 선연

합니다. 송원을 어찌 촉석루와 영남루에 비길 수 있겠습니까.”

두 선비는 “그 말 맞소이다. 암 맞고말고요” 하며 배꼽을 잡고 웃었다. 촉석루와 영남루는 사또 어른들의 인연의 장소지만 송원은 낭관의 가슴속에 문신처럼 새겨진 아무리 지워도 지워지지 않는 추억의 장소다. 인연은 타인의 것보다 나의 것이 훨씬 소중하기 때문에 낭관의 송원 자랑이 촉석루 앞에서 전혀 부끄럽지 않은 까닭이다. 그래서 옛 선인들은 “산수 간을 노니는 것 또한 인연이 있어야 한다(遊玩山水亦復有緣)”고 말했나 보다.

청나라 때 장조가 쓴 「유몽영」에도 “제자가인이 없다면 몰라도 있다면 반드시 사랑하고 그리워하며 아껴야 한다(無才子佳人則已 有則必當愛慕憐惜)”라고 했다. 이 말을 바꿔 말하면 ‘추억은 불륜이 아니다’란 말과 맥을 같이 한다.

그런데, 그런데 말이다. 젊은 한때 기방 출입도 해 보고 여행깨나 다녀 본 나는 촉석루와 영남루 앞에 자랑스레 꺼내 놓을 나만의 송원이 없다. 제기랄, 한세상 헛살았다.

3.

연애편지

에덴동산의 아담과 이브도 연애편지를 썼을까. 아마 그랬을 것이다. 예쁜 곳을 더욱 예쁘게 살짝 가릴 나뭇잎을 따러 나간 이브를 기다리던 아담이 먼저 썼을 것이다. 이브도 가만히 있진 않았겠지. 과일을 따러 움집 거처에서 멀리 떨어진 해변으로 나간 아담에게 잠에서 깨어난 이브가 간밤의 기억을 되살려 진한 편지를 썼을 것이다. 넓은 잎에 먹물 대신 숯검댕이 같은 것으로 그들의 사랑 기호인 동그라미 속에 점을 찍는 그런 아름다운 그림을 그렸을 것이다. 사랑의 감정은 표현하지 않고는 못 배기는 마력을 지니고 있기 때문에 더욱 그랬을 것이다.

에덴동산 이후 호모사피엔스들에 의해 쓰인 연애편지의 문장들로 지구를 덮는다면 어떻게 될까. 그것은 아마 지구를 휘감고 있는 인터넷의 전파가 홑이불이라면 연애편지의 문장들은 두터운 솜이불을 더께더께 덮은 것이라 해도 오히려 모자랄 것 같다. 사랑의 결실로 태어난 인간의 숫자와 인류 역사를 유추 짐작해 보면 쉽게 알 수

있다. 그러나 못 이룬 사랑이 피를 토하듯 뿜어낸 편지까지 따지면
아휴 숨 막혀라. 지끈, 머리가 아프다.

조선의 한 선비가 중국에 사신으로 가서 그곳 처녀에게 띄운 편지
와 답신은 연애편지의 압권이자 절창이다. 선비는 "마음은 붉게 화
장한 미인을 쫓아가고 몸은 부질없이 홀로 문에 기대고 서 있네"라
고 적어 하인을 시켜 수레를 타고 가는 미녀에게 전했다. 수레를 세
워 잠시 읽어 보더니 바로 답신을 보내왔다. "수레가 무거워졌다고
나귀가 화를 내니 그것은 한 사람의 마음이 더 실린 까닭일세." 이
얼마나 아름다운 수작이냐. 유몽인의 『어우야담』에 실려 있는 글이
다.

두 선남선녀가 주고받은 연애편지의 결론은 어떻게 났을까. 책은
결과에 대한 설명을 줄여 독자의 상상에 맡겼지만 그 궁금증은 오랜
세월 동안 풀리지 않는 숙제로 남아 있었다. 그런데 연전에 간송미
술관에서 열린 조선풍속 화첩전에서 만난 혜원 신윤복의 〈월하정인
(月下情人)〉이란 그림을 보고 나니 풀리지 않던 마음속의 매듭이 확
풀려 버렸다.

혜원이 그린 풍속화는 등불을 든 젊은이 옆에 수줍어 보이는 처녀
가 약간은 어색한 듯 담벼락에 서 있는 그림이다. 화제(畵題)는 '월
심심 야삼경 양인심사 양인지(月沈沈 夜三更 兩人心事 兩人知)'로
'달빛이 흐릿한 밤, 두 남녀가 원하는 것은 두 사람만이 안다'는 뜻이
다.

100

열차 시간에 쫓겨 서둘러 성북동 비탈길을 내려오면서 "그래 맞아, 그랬을 거야" 하고 해답을 얻은 기쁨에 혼자 쾌재를 불렀다. 그것은 아까 말했던 수레를 탄 처녀에게 보낸 연애편지의 다음 줄거리를 혜원의 풍속화가 소상하게 설명하는 듯했다.

나의 못된 버릇 중에 하나가 '상상의 오버랩', 다시 말하면 생각이 꼬리에 꼬리를 물고 달리다가 마지막에는 나름대로 엉뚱한 결론을 내려 버리는 것이다. 사실 수레에 탄 처녀에게 보낸 연애편지와 혜원의 〈월하정인〉이란 그림은 시대와 장소가 전혀 상관이 없는데도 두 남녀를 동일인으로 만들어 혼자 키득거리며 즐거워하고 있으니 나의 지적 재능은 정말 저능아 수준이다.

연애는 '양인심사 양인지'처럼 만남만 있는 것은 아니다. 헤어짐도 있다. 이별, 그것은 슬프고 괴롭지만 그래도 아름답다.

그해 봄 결혼식 날 아침 네가 집을 떠나면서 나보고 찔레나무숲에 가 보라 하였다. 나는 거울 앞에 앉아 한쪽 눈썹을 밀면서 그 눈썹 자리에 초승달이 돋을 때쯤이면 너를 잊을 수 있겠다 장담하였던 것인데, 나는 기어이 찔레나무숲으로 달려가 덤불 아래 엎어 놓은 하얀 사기 사발 속 너의 편지를 읽긴 읽었던 것인데 차마 다 읽지는 못하였다. 세월은 흘렀다 타관을 떠돌기 어언 이십 수년 어쩌다 고향 뒷산 그 옛 찔레나무 앞에 섰을 때 덤불 아래 그 흰 빛 사기 희미한데….
— 송찬호의 시 「찔레꽃」 중에서

연애는 이런 것이다. 그래, 사랑은 이런 것이다. 맺어지지 못하면 애가 타고 헤어져 만나지 못하면 이렇게 찔레나무 앞에 서서 망연자실 빛바랜 사기 사발 쳐다보듯 허무한 것. 태어난 것조차 후회해야 하는 정말로 허무한 것.

이름 모를 강가에서 귀양살이나 했으면

고향을 떠날 때 "다시 돌아오마" 약속하고 떠나왔다. 고향과의 언약이 거짓부렁으로 끝나지 않도록 내 딴에는 열심히 노력했다. 그러나 서산에서 퍼져 오는 땅거미의 흐린 기운이 황혼의 장막처럼 발밑에 서서히 깔리는데도 나는 아직 돌아가지 못하고 있다. 고향을 떠나온 후 이 도시와 맺은 새로운 인연이 발목을 잡고 놓아 주질 않기 때문이다.

내 의식은 고향 강가에서 성장했고 품성도 그곳에서 키워지고 다듬어졌다. 고향을 떠나 왔지만 한 번도 고향을 잊은 적이 없다. 더욱이 그곳을 떠나올 때 강물에 새끼손가락을 걸며 맹세한 약속 또한 파기한 적이 없다. 그런데도 나는 아직 여기에 머물러 있다.

이 도시에서 그리 멀지 않은 고향의 땅값은 내가 떠나온 후 개발 붐을 타고 다락같이 올라 버렸다. 아무리 저축해도 촌집 한 채 살 수 없는 그런 상황이었다. 고향을 찾아가 이별할 때의 언약을 포기할 수밖에 없는 어려운 형편을 자초지종 설명하지 않을 수 없었다.

귀향의 꿈을 접고 나니 고향은 더욱 가까이 다가와 망막의 끝에서 아물거리고 회상 속의 그리운 시간들은 해 질 녘 언덕 위에 서 있는 사람의 그림자처럼 제 키만 키워 갈 뿐이었다. 그래서 사람들은 떠나온 고향은 찾아갈 수 있는 땅 위에 없고 다만 기억 속으로만 존재한다고 말한다. 나는 아직도 고향의 하늘 색깔과 햇볕 그리고 바람 부는 날 강물이 우는 소리까지 선연하게 기억하고 있는데 그리운 그곳으로 돌아갈 수 없다니. 참으로 딱하고 안타깝다.

오후 늦은 시각, 아늑한 강마을에 저녁 연기가 피어오르는 곳을 지나칠 때면 모든 것 팽개치고 주저앉아 살고 싶을 때가 있다. 그리고 강 언덕에 서 있는 정자에 오를 때도 세상 인연 모두 접어 버리고 막걸리 잔 앞에 놓고 음풍농월하면서 남은 세월 그렇게 보내고 싶을 때가 허다하다. 그러나 고향의 출입문은 나올 땐 쉽게 열려도 다시 들어가려면 덧문부터 굳게 잠겨 있어 보통 열쇠로는 좀처럼 열리지 않는다.

적은 돈으로 배 하나를 사서 그물과 낚싯대 한두 개를 갖춰 놓고, 또 술과 잔 그리고 소반을 준비하고 싶다. 늙은 아내와 어린아이 그리고 심부름하는 아이를 데리고 수종산과 소수(笤水) 사이를 왕래하면서 오늘은 그물로 고기를 잡고 내일은 어느 곳에서 낚시질을 하며 그 다음날은 여울에서 고기를 잡을 것이다. 바람을 맞으면 물 위에서 자고 때로는 짤막한 시가를 지어 스스로 팔자가 사나워 불우하게 된 정회를 읊을까 한다. 이것이 나의 소원이다.
— 다산의 시 「소내강 안개 속에서 낚시질하며」 중에서

다산은 1799년 자신이 속해 있던 신서파의 뒤를 봐주던 번암 채제공 대감이 세상을 뜨면서 반대파에게 밀리게 된다. 수세에 몰린 다산은 1800년 초봄 가족을 이끌고 태어난 고향인 소내 마을로 돌아온다. 다산은 작은 낚싯배 하나를 띄우고 강물 위를 떠다니며 고기를 잡으려던 소박한 꿈을 꾸지만 그 소원조차 이뤄지지 않는다. 다산이 낙향한 그해 여름 열렬한 후원자였던 정조 임금마저 세상을 버리자 감옥에 갇히는 신세로 전락하고 급기야는 십팔 년이란 기나긴 귀양살이를 하기 위해 고향을 떠나게 된다.

조선조 영조 때 실학자인 이중환은 이인복·오광운 등과 어울려 북악산 자락 백운봉에 올라 시사(詩社)를 결성한 적이 있다. 이들 백련시사 동인들은 '산수(山水)는 선비들이 당연히 돌아가야 할 곳'이라고 믿고 몸과 마음을 의탁할 곳을 찾아 방방곡곡을 헤매고 다녔다. 산수 유람을 여가의 일부로 여기던 당시 사대부들의 생각과는 애초부터 뜻을 달리했다. 청담 이중환의 팔도유람기인 『택리지』도 바로 이때의 소산이다.

이들의 동시대인이자 선배였던 성호 이익과 두어 세대 뒤에 태어난 다산은 산수를 '선비들이 돌아가야 할 곳'으로는 보지 않았다. 특히 누구 못지않게 명산을 좋아하여 명승지의 풍광을 구경하러 다녔던 이익은 '선비가 산수 간으로 돌아가 세속과 거리를 두는 일은 몸으로 할 일이 아니라 마음으로 해야 할 일'이라고 분명하게 말한 적이 있다.

성호는 학문과 생각의 깊이가 깊어서 그랬을 것이며, 다산은 오랜 유배 생활에 심신이 지쳐 가족들이 있는 곳에서 한 발짝도 떼기 싫었을 게 분명하다. 이익과 이중환·이인복이 올라 본 적이 있는 산영루(山映樓)라는 정자에서 읊은 다산의 시 한 편을 읽어 보자. 정자는 북한산 태고사 계곡과 중흥사 계곡이 만나는 지점에 있었는데 지금은 주춧돌만 남아 있다. 이중환이 이곳을 좋아하여 산영루 밑의 맑은 소 청담(淸潭)을 자신의 아호로 삼은 곳이다.

험한 돌길 끊어지자 높은 난간 나타나니 / 겨드랑에 날개 돋쳐 날아갈 것 같구나 / 십여 곳 절간 종소리 가을빛 저물어 가고 / 온 산의 누런 잎에 물소리 차가워라 / 숲 속에 말 매어 두고 얘기꽃을 피우는데 / 구름 속에 만난 스님 예절도 너그럽다 / 해 지자 흐릿한 구름 산 빛을 가뒀는데 / 행주에선 술상을 올린다고 알려오네.

그러고 보니 『택리지』의 저자 이중환은 '선비들이 살 곳'을 찾아 길 떠난 지가 오래이며, 유배를 끝낸 다산도 고향으로 돌아왔는데, 나도 그들처럼 산수 간으로 숨어들고 싶다. 정말이지 세속과 거리 두는 일을 몸으로 하고 싶은데 이렇게 도시의 그늘 밑에 좌판을 펴고 퍼질고 앉아 돌아가지 못하고 있으니 처량하고 괴롭다. 차라리 이럴 바에야 어느 이름 모를 강가에서 귀양살이나 했으면.

촛불 제사

우리 집은 제사를 모시지 않는다. 어머니가 크리스천이기 때문이다. 그래서 나도 태중 교인이다. 아버지의 기제사만은 지내고 싶었지만 여든여덟에 돌아가신 어머니의 위엄에 눌려 입 밖에 내지도 못하고 어린 시절을 보냈다. 만약 뜻을 밝혔더라면 어머니는 '내 앞에 다른 신(神)을 두지 말라'는 십계명을 들추면서 하나님을 제외한 모든 죽은 자들을 잡신으로 몰아붙였을 것이다.

고향 북망산천에 누워 '다른 신' 취급을 받고 있는 아버지는 배고 픔을 어떻게 이겨 내고 계시는지 궁금하다. 예수 그리스도와는 인사 한 번 나눈 적 없이 이승을 살다 가신 외로운 영혼은 술 한 잔에 밥 한술조차 잡숫지 못하고 기아에 허덕이다 저승보다 더 먼 곳으로 또 다시 운명하신 것은 아닌지 모르겠다.

제사 지내기는 나의 오랜 숙제였다. '어동육서'니 '생동숙서'니 하며 제상 차리는 법을 배워 내 혼자 엎드려 절한다고 해도 가족들이 동의할 리가 없다. 숙고 끝에 고안해 낸 것이 혼자 마음속에 촛불 하나 켜고 고인을 추모하는 일밖에 다른 방법이 없었다.

칠십년대 초, 내가 다니던 신문사의 사장님이 돌아가신 후 이 년
쯤 지났을까. 사장님의 맏아들에게서 "올부터 제사를 함께 지냈으
면" 하는 제의를 받았다. 이 년 선배인 그는 슬하에 딸만 두고 있었
다. 관습상 여자는 제주가 될 수 없어 홀로 술 따르고 절하는 등 제
사장 역할 하기가 몹시 바빴던 모양이다.

기일은 추석을 쇠고 엿새째 되는 날. "저녁 일곱 시에 제사를 지
낸다"는 연락이 왔다. 술자리서 괜히 해 본 농담이겠거니 했는데 그
게 아니었다. 시간에 맞춰 도착한 나에게 유건을 씌우고 흰 광목 두
루마기를 입혔다. 나는 타인의 제상 위에 내 마음속에서 홀로 타고
있는 아버지를 위한 촛불을 슬그머니 옮겨 놓았다.

제사는 칠 년간 계속됐다. 그러다가 간암을 앓던 그 선배가 저승
으로 가 버렸다. 운명하기 전 육탈현상이 진행되어 미라처럼 변했
다. 식도가 막혀 버린 그는 부인의 통역으로 "하루만 상주 노릇을 해
달라"고 했다. 나는 고개만 끄덕였다. 장례 당일 검은 양복에 완장을
차고 내빈접대 담당으로 나서 그와의 약속을 지켰다. 그러고 보니
나는 타인의 상주될 팔자를 타고난 것 같은 생각이 들었다.

세월이 칠십년대 중반을 넘어서자 제사가 또 하나 더 늘어났다.
내가 가장 존경하는 대학의 은사이신 김홍곤 교수(경북대)께서 쉰하
나란 이른 나이에 갑자기 운명을 달리 하신 것이다. 그는 셰익스피
어를 가르친 영문학자이자 직접 「우물」이란 작품을 써서 서울신문

현상공모에 당선한 희곡작가였다. 그보다도 선생님에게 가장 걸맞은 칭호는 로맨티스트로 학생들 사이에 인기가 가장 높았다.

선생님께서는 그의 실력과 명성을 시샘하는 주변 사람들의 쑥덕거림의 희생양이 되어 재임용에서 탈락하셨다. 선생님은 퇴근 무렵 단골집인 '혹톨쿠럽'으로 나를 불러 울분을 쏟아 놓으셨다. 그날밤은 상심한 가슴에 위로를 드릴 수 있는 방법이 생맥주집 한두 군데를 더 들르는 일밖에 없었다. 선생님을 택시로 집 앞까지 모셨으나 "아니야, 오늘은 자네 집에 가 봐야 해"라고 말씀하시곤 내리지 않으셨다. 선생님은 별 안주 없는 맥주 몇 병을 드시고는 비 오는 밤길 속으로 총총히 떠나셨다. 그게 선생님과의 마지막 이별이었다.

선생님이 어떻게 우리 집에 오실 생각을 하셨을까. 초등학교 담임이면 야간 가정방문을 오신 것이 그리 낯선 풍경은 아닐 터이지만 대학의 은사께서 늦은 밤길의 취중 예방은 예사로운 일은 분명 아닐 것이다. 아마 그날밤 선생님께서는 이승에서 꼭 끝내고 가야 할 숙제를 한 것이 아니었나 싶다. 임종을 앞둔 사람은 생전에 가 봐야 할 곳은 죄다 둘러본 후 마음속에 미진한 찌꺼기가 남아 있지 않은 상태로 운명한다고 한다. 선생님도 정말 그랬을까.

선생님이 돌아가신 후 세상이 너무 황량하고 쓸쓸하여 술맛조차 나지 않았다. 그래서 마음을 다독일 방법으로 기일(8월 15일) 다음날을 제삿날로 정하고 '혹톨쿠럽'에서 혼자 촛불 하나 켜 놓고 제사를 지내기 시작했다. 500시시 두 잔을 시켰다. 내 것 다 마실 동안 선생님 잔은 거품만 사그라졌다. 다시 한 잔을 시켜 잔을 바꾸고 그 잔은 내가 마셨다. 선생님과 함께 마시니 생전처럼 마음이 넉넉하고 푸근해졌다. 그리고는 선생님이 궁금해 하는 이승의 소식도 낱낱이 전했다, "탈락시킨 그 교수님을 저승에서 만나셨죠." 그래도 선생님은 묵묵부답이었다. 촛불 제사는 오 년 동안 지내다 팔십이 년 선생님의 지인들을 초대하여 탈상 제사를 올리는 것으로 끝을 냈다.

최근 선생님이 쓰신 「우물」이 포항시립극단 제156회 정기공연 작품으로 포항시립중앙아트홀 무대에 올려졌다. 배우들의 대사와 몸짓에서 선생님의 낭만기를 느낄 수 있었다. 공연을 보고 와서 갑자기 선생님을 모시고 술 한잔 했으면 하는 마음이 간절했다. 연전에 선생님을 추모하는 글에 "이승과 저승을 통틀어 단 한 사람만 초청하여 술을 마시라면 기꺼이 선생님을 초대하고 싶다"라고 쓴 적이 있다. 지금도 그 생각에는 변함이 없다.

불원, 제삿밥을 잘 짓는 음식점을 수소문해 두었다가 근사한 촛불 제사를 한 번 지내 볼 생각이다. 제사 지내는 장소가 바뀌었더라도 혼령은 '귀신같이' 찾아오셔서 "그래 참, 오랜만이네" 하시며 내 머리를 쓰다듬어 주시겠지.

별밭으로 가는 길

하늘의 별밭으로 가는 길 하나가 있다. 그 길은 아무나 갈 수 없는 특별한 길이다. 아름다운 영혼을 지닌 사람만이 갈 수 있는 길이다. 살아생전에 멸시와 천대로 핍박받던 육신이 하늘나라의 새 옷으로 갈아입고 뭉툭 손 흔들며 떠나는 길이다. 그 길은 소록도 구북리에 있다.

소록도는 들어오는 길은 있어도 나가는 길은 없다. 유일하게 나갈 수 있는 통로는 이 길밖에 없다. 이 길은 걸어서 나갈 수는 없고 다만 하얀 연기가 되어 사라져야 한다. 소록도에 나환자 수용소가 생긴 이래 많은 사람들이 이 길을 통해 하늘로 올라가 별이 되었다. 그 숫자가 많아지자 미리내라고 부르는 별밭을 이뤘다.

이곳 사람들은 소쩍새를 싫어한다. 소쩍새 우는 소리를 호메로스의 진혼곡쯤으로 생각한다. 새들이 피를 토하듯 울고 간 다음날 아침에는 틀림없이 어느 누가 죽어 나간다는 것을 경험으로 알고 있다. 칠천여 명이던 소록 식구들이 칠백여 명으로 줄어든 것은 순전히 소쩍새 울음 탓이다. 새들은 상여 앞의 선소리꾼이 되어 요령 대신 '소쩍 소쩍' 하는 울음소리로 장례식 전야제를 구성지게 치러 내곤 했다.

소록도에는 삼일장이란 개념은 아예 없다. 새들이 부음을 돌리고 나면 늦어도 다음날 아침에 화장하여 이 길을 따라 하늘로 올려 보낸다. 이 풍진 세상에 잠시라도 더 머물 이유가 없기 때문이다. 문상객조차 슬퍼하거나 애통해 하지 않는다.

이곳 사람들은 죽으면 하늘의 별이 된다고 믿고 있다. 그래서 소록의 하늘은 맑은 영혼들이 올라가 별밭을 이뤘으므로 여느 하늘보다 영롱하고 찬란하다. 별이 되기 위해선 천국으로 통하는 계단으로 올라가거나 교회 첨탑 끝 십자가 꼭대기에 걸려 있는 동아줄을 타고 올라가야 하지만 그 길을 택하진 않는다.

그들은 아무도 가르쳐 주지 않았는데도 별밭으로 가는 길을 너무나 잘 알고 있다. 굴건제복도, 곡소리도 없는 간략한 장례 절차를 치른 후 구북리 화장터 안치실에 불이 지펴지면 천사들의 합창이 들리는 가운데 훨훨 날아 하늘로 올라가게 된다. 이때 잃어버린 손가락과 발가락들이 별밭으로 올라가는 날개의 깃털이 되어 망자의 육신을 가볍게 들어 주고 밀어 주는 역할을 하게 된다.

소록도 사람들은 잠들기 전에 별을 보고 해 뜨기 전에 다시 별을 본다. 울면서 걸어온 붉은 황토길에서 돌팔매를 맞던 서러운 기억도, 돌아보고 다시 한 번 젖은 눈으로 돌아보던 첫사랑의 추억도 별밭을 가로질러 흐르는 별똥별을 보고 있으면 모두 잊을 수 있다고 생각한다.

떠난다고 모두가 떠난 것은 아니다. 구북리 하늘에 하얀 연기가 피어오르면 저주받아 더욱 아름다워진 영혼은 하늘로 올라갔지만 이승의 인연과 추억을 쉽게 놓아 버릴 수 없는 혼백은 만령전 제단 위에 한 조각 신위로 모셔진다. 그 혼백은 하릴없는 날이면 차라리 없는 것만 못한 고향과 그 언저리 피붙이들의 안부를 살펴보기 위해 길을 떠난다. 그리고 칠흑같이 어두운 밤에는 죽어도 잊지 못하는 첫사랑 연인의 집에 들러 바람을 가장하여 조용히 창문을 흔들어 보다가 제물에 소스라치게 놀라 발길을 돌리기도 한다.

하늘로 올라가 별이 된 영혼들도 붙박이 별로 줄곧 하늘에 눌러 살지는 않는다. 더러는 빗줄기나 눈발을 타고 내려와 그리운 이승의 흔적을 찾아 헤매며 서럽게 운다. 그러고는 해가 뜨기 전에 편지를 써서 고향으로 부친다. 그러면 소쩍새 친구인 파랑새들이 그걸 물고 가 그리운 이들에게 일일이 전해 준다.

답장은 바람으로 변한 새들이 하늘로 올라가 별들에게 다시 전해 준다. 그러나 답장을 받지 못한 별들은 별똥별이 되어 소록도 하늘 위로 떨어진다. 그 별똥별은 구북리 화장터에서 시작되는 별밭으로 올라가는 길을 찾지 못하고 제비 선창의 하얀 포말로 내려앉아 밤새 도록 소리 내어 통곡한다. 사람들은 이것을 그리움이라고 말한다. 그리움은 사랑의 다른 이름이다.

울고 있는 모래밭

김신용의 시를 읽는다. 슬픈 영화는 눈물로 보아야 제맛이지만 그의 시는 눈물이 말라 버린 맨눈으로 읽어야 한다. "어떤 사랑도 고귀하지 않은 것은 없고 하찮은 사랑도 아름답지 않은 것은 없다"라는 통념을 깨는 것이 바로 김신용의 시다.

태초 이래 인류사를 통해 전해 내려온 사랑의 개념 위에는 반드시 '아름다운'이란 형용사가 붙어 다닌다. 아름다운 사람, 아름다운 만남, 아름다운 이별 등. 사랑은 그만큼 아름답고 고귀하고 위대하다. 그래서 잃어버리면 한없이 서럽고 처량하다.

그러나 김신용은 이른바 가진 자와 유식한 자들이 호사스럽게 즐기는 사랑에 관한 가식된 휘장은 무참하게 벗겨 버린다. 그의 시에 나타나는 사랑은 환상이 아닌 현실이며 관념이 아닌 실체로, 오로지 정신이 아닌 육체만이 사랑 속에 잠입할 수 있다고 굳게 믿고 있다. 그래서 그는 플라토닉이니 심지어 에로스란 말도 거부하고 밑바닥

인생의 쭈그러진 성기까지, "모든 버려진 것을 사랑해야 한다" 하고 노래하고 있다.

그의 시에 등장하는 사람들은 하루하루가 고단한 인생들이다. 도시의 부랑자, 전과자, 창녀, 지게꾼, 노동자, 마약중독자 등 이른바 양아치들이다. 부자들이 보면 그들은 거지이고 식자층의 눈에는 무식한 놈들이지만 시인이 보는 눈에는 아직도 사랑이 피어나는 아름다운 군상들이다. 그의 시에는 빈한한 하류층만이 주인공으로 등장할 뿐 대통령, 장관, 청와대 비서관, 국회의원, 부자는 눈을 닦고 찾아도 찾을 수가 없다. 그들이 더 오염되어 있는 집단이어서 그런지는 잘 모르겠다.

그녀는 왜 마약중독자가 되었는지 알 수 없었어도
새벽털이를 위해 숨어 있는 게 분명했어. 난 눈을 부릅떴지
그리고 등불을 켜듯, 그녀의 몸에
내 몸을 심었네. 사방 막힌 벽에 기대서서. 추위 때문일까
살은 굳은 콘크리트처럼 굳어 있었지만
솜털 한 오라기 철조망처럼 아팠지만
내 뻥 뚫린 가슴에 얼굴을 묻은 그녀의 머리 위
작은 창에는, 거미줄에 죽은 날벌레가 흔들리고 있었어, 그 밤
내 몸에서 풍기던, 그녀의 몸에서 피어나던 악취는
그 밀폐의 공간 속에 고인 악취는 얼마나 포근했던지
지금도 지워지지 않고 있네. 마약처럼.
　　―「공중변소 속에서」의 부분

김신용은 열여섯 나이에 무작정 서울로 올라와 양동 창녀촌에서 살았다. 말이 살았다지 죽은 것이나 마찬가지였다. 창녀촌 일수방에서 쫓겨나 잠잘 곳이 없을 땐 일부러 도둑질을 하여 감옥에서 따뜻한 겨울을 나기도 했다. 피를 팔다 그것도 모자라 한 번 받았던 정관 수술을 다시 받아 정부 보조금으로 질긴 목숨을 이어 갔다.

　　라면을 사기 위해 지게꾼이 되었고 지게를 도둑맞았을 땐 굶었다. 굶어도 시간은 지나갔다. 아주 느리게 지나갔다. 시간을 죽이는 약은 작살주(막걸리에 소주를 탄 것)뿐이었다. 몇 잔 마시고 나면 내장 곳곳이 가로등 켠 것처럼 환해지고 마침내 똥구멍 끝이 노글노글해지면 '씨부랑탕' 욕이 나오고 노래가 나오고 그런 다음에 시가 나온다고 했다.

> 오늘 지게를 잃어버렸습니다
> 피를 팔아 마련한 그 지게를
> 상점 앞에 세워 두고 짐을 가지러 간 사이
> 내 꿈은 감쪽같이 사라져 버렸습니다
> 사흘 동안 거리 곳곳을 배회했습니다
> 배고픔의 사막을 건너게 해줄 낙타를 찾기 위해
> 다시 피를 팔았습니다
> 오늘도 공쳤습니다
> 낯선 지게꾼 하나가 다가왔습니다. 순간
> 이 지게 도둑놈! 그러나 지게처럼 그는 늙어 있었습니다
> 지게를 빼앗긴 그는

관절 마디마디 무너져 내리는 모습으로
자꾸만 뒤돌아보며…
그러나 어느새 나는 무너져 내리는 몸짓에
지게를 입혀 주고 있었습니다.
　　—「더 작은 고백록」 중의 부분

　김신용은 1997년 통칭 IMF라고 불리는 외환위기가 터지자 더 이상 서울에서 버틸 수가 없었다. 살고 있던 반지하 전세금을 빼내 친구의 채소장수 트럭에 가난과 울분을 몽땅 쓸어 담아 싣고 남으로 남으로 남하하여 이른 곳이 전남 완도군 신지면 임촌리 바닷가였다.

　양동 창녀촌에 살 때도, 감방에 몸을 뉘였을 때도, 고만고만한 달동네 판자촌 방 한 칸을 빌려 살 때도 희망을 잃지 않고 시를 썼는데 신지도란 섬에 들어오고 나니 생애 중에서 그날처럼 앞이 캄캄한 날은 정말 없었다고 했다.

　낯선 풍경은 시인의 눈에 비치면 모두 시가 된다는데 신지도의 경우는 달랐다. 저녁노을이 서쪽 바다에 쇳물을 부은 듯 금빛 휘장을 둘러도, 바닷새들이 수평선 아래위에서 고무줄놀이를 하고 있어도, 해변의 여름 추억이 조개껍데기로 군데군데 박혀 있어도 그것은 시가 되지 못했다.

　도시의 삶을 지탱해 주던 천형 같았던 지게가 자신의 등뼈에 접골되어 있는 듯한 환상통에서 벗어날 때까지 아무 일도 하지 못했다. 시인 자신이 바로 신지도 명사(鳴沙)십리에 깔려 있는 '울고 있는 모래'였던 것이다.

　물결에 쓸리고 있는 발밑의 빈 조개껍질들이
　그 빈 시간들의 두개골 같아
　그 무수한 세월의 발자국들이 찍힌
　내 몸의 모래밭이 꼭 납골당 같아
　전라남도 완도군 신지면 임촌리
　고요한 날이면 해변에 부서지는 파도 소리가
　십리 밖까지 들린다는 우는 모래
　그 명사(鳴沙)의 모래밭을 다시 걷는다.
　—「명사에서」 중의 부분

　지금껏 풍류를 노래하고 있는 나도 결국은 '울고 있는 모래밭'의
한 알 모래에 불과한 것을. 이걸 어쩌랴.

흑백사진

아침 신문에 난 '증손자 둔 할머니 열두번째 아이 낳아'란 기사를 읽는다. 올해 예순둘인 제니스 울프란 할머니가 손자 이십 명, 증손자 세 명을 두고 열네 살 연하인 세 번째 남편과의 사이에 아기를 낳았다는 것이다. 그러면 손자들은 갓 태어난 아기를 '삼촌'이라 불러야 하고 증손자들은 '작은할아버지'라고 불러야 한다. 아기는 무어라고 대답해야 할까. 하도 기가 막혀서 "응애" 하고 울 수밖에 다른 도리가 없으리라.

가물치 한 마리 짚으로 꿰어 들고 경남 양산군 하북면 삼감리로 걸어가는 키 큰 고모부 모습 나도 보이네. 산후조리하고 있던 할머니의 민망한 마음 보이네. 금줄 친 사립문 밖에서 백년손님 맏사위 멋쩍게 맞으며 신라 와당의 얼굴로 웃는 할아버지 젊은 웃음소리 듣네. 아직도 살아 푸드덕거리는 가물치 소리 생생히 들려오네.
― 정일근의 시 「흑백사진-가물치」 중에서

고모부가 외손자를 두고 출산을 한 장모님을 축하해 주러 가물치를 사들고 사립에 금줄을 쳐 둔 처가에 갔으니 얼마나 쑥스러웠을까. "김 서방 오는가." 소리가 목구멍으로 기어들어 가는 장모는 민망한 얼굴로 웃고 있고, 아기의 아버지인 장인어른은 신라 와당의 푸른 웃음으로 부끄러움을 감추고, 사위인 고모부는 불장난하다 들킨 아이들 앞에 선 선생님처럼 나무랄 수도 타이를 수도 없는 난감한 얼굴로 웃고 있다. 흑백사진에서 보는 진풍경이다.

시에는 나타나지 않았지만 장인어른은 젊은 한 시절 아마추어 풍류객으로 바람깨나 피운 모양이다. 그래서 장모님 속을 어지간히 태웠겠지. 딴 집 살림을 겨우 걷어치우고 집으로 돌아온 남편을 붙잡아 두기 위해 장모님은 철 지난 꽃이 서리 내리는 계절에 꽃망울 맺듯 그렇게 임신을 하고 아기를 낳았으리라. 손자들이 "삼추운…" 하고 불러야 할 그런 아기를.

정일근 시인의 연작시인 「흑백사진-그 여자」란 시를 읽어 보자. 장인어른의 젊은 날이 그 연장선상에 놓여 있는 듯하다.

마루 끝에 걸터앉은 아버지는 말이 없다. 저녁 햇살에 길어진 감나무 그림자가 그 곁에 눕고 댓돌 위에는 가을하늘처럼 맑은 옥색 고무신 한 켤레가 단정하게 놓여 있었다. 어머니 낮은 목소리 사이 가끔씩 낯선 울음소리가 흘러나와 안방 문풍지를 적시고 툭툭 할머니의 타이르는 소리 무겁게 새어 나왔다. 아버지는 돌아앉아 말이 없었지만 어둠 속에서도 견고한 어깨가 조금씩 흔들리고 있는 것이 보였다.

시적 화자인 아버지가 네 살 때 돌아가신 내 아버지처럼 바람을 피워 옥색 고무신을 신은 '그 여자'를 집으로 데려온 모양이다. 할머니는 아들의 이루지 못한 사랑이 안쓰럽긴 하지만 "그래선 안 된다"라고 타일렀고 결국 아버지도 단념하기로 마음을 고쳐먹는다. 옥색 고무신도 울고, 아버지의 어깨도 울고, 낮은 목소리의 어머니도 옷고름으로 눈물을 찍어 내고 있고, 할머니 마음 또한 눈물의 강물로 출렁거린다. 흑백사진의 진풍경이다.

지금은 돌아가신 어머니와 "성님, 동상" 하며 지낸 고향의 서사리 아지매 생각이 난다. 아주 작은 평수의 능금밭 농사를 하던 아지매는 쉰이 가까운 나이에 늦둥이를 뱄다. 장날, 장에 나왔다가 남산만한 배를 안고 우리 집으로 들어온 아지매는 "동상아. 안 있나 그쟈. 그날은 아침부터 능금나무 전지를 하고 하도 고단해서 농막에 누워 있는데 빌어묵을 영감쟁이가 들어오더니 슬쩍 다리를 잡아 땡기는 기라. 달거리도 있다 없다 하길래 안 괜찮겠나 싶었는데 고마 이래 됐능기라. 동네 부끄러버 죽겠다 앙이가."

아지매의 맏딸은 이미 시집은 갔지만 아기가 없어 다행히 나이 어린 삼촌 신세는 면할 수 있었다. 그러나 사위 보기에도 면목이 없고 동리 사람들 만나서도 한참 동안 민망한 '가물치 얼굴'로 지낼 수밖에 없었을 것이다. 아지매의 늦둥이 막내아들은 응석받이로 커 공부도 제대로 하지 않아 부모의 속을 많이도 썩였다.

아지매에게 한 가지 미안한 것은 이미 청년으로 성장한 그 막내를
"어디라도 좋으니 취직 좀 시켜 달라" 하는 부탁을 들어주지 못한 것
이다. 아지매가 돌아가시기 한 달 전쯤 어머니의 심부름을 겸해 병
문안을 간 적이 있었다. 아지매가 노골적으로 "나는 참말로 섭섭하
데이"라고 말할 때의 그 표정이 내 가슴속에 좀처럼 지워지지 않는
한 장의 흑백사진으로 남아 있다.

시인의 여인

타고난 댄디보이. 시인 박인환은 죽을 때 눈을 감지 못했다. 살아생전에 술도 실컷 못 마시고, 제대로 사랑도 하지 못하고, 멋도 마음대로 부려 보지 못한 채 밤마다 술 마시고 떠들고 다닐 명동 친구들을 남겨 두고 홀로 떠나는 게 억울해서 눈을 뜬 채 죽었다.

「오감도」의 시인 이상이 죽은 지 19주기가 되는 1956년 3월 17일 인환은 "나는 이상이 보고 싶어 술을 마신다"라며 명동 일대를 떠들고 돌아다녔다. 사흘 후 인환은 하루 종일 굶다가 화가인 친구 김훈에게 짜장면 한 그릇 얻어먹고 집으로 돌아가 돌아오지 못할 강을 건너가 버렸다. 그의 나이 만 서른이었다.

그의 양복 주머니에는 「이국 항구」라는 제목의 시 한 편이 구겨진 종이에 적혀 있었다.

그날 봄비가 내릴 때
돈나 캄벨, 잘 가거라!
처량한 기적

데크에 기대어 담배를 피우고
이제 나는 육지와 작별을 한다.
사랑이여! 불행한 날이여
이 넓은 바다에서
돈나 캄벨! 불러도 대답은 없다.

죽기 사흘 전부터 인환은 "관 뒤에 누가 따라 오느냐. 죽어선 모르지만 아, 그래도 누가 올 것이다"라는 헛소리를 자주 하곤 했다. 결국 그가 예견한 대로 자신은 관 속에 누워 앞서 가고 그를 사랑하는 친구들은 울면서 뒤를 따랐다. 인환의 눈을 감겨 준 친구 송지영을 비롯하여 이진섭, 이봉래, 원재홍, 유두연, 정영교 등이 생전에 그렇게 좋아했던 양주 조니 워커를 무덤 위에 뿌려 주며 저승 쪽으로 쉽게 돌아서지 못하는 영혼을 배웅했다. "잘 가라, 잘 가거라."

인환은 시 쓰기와 술 마시기, 옷 입기 등 대부분의 삶을 감성적으로 처리했지만 친구 사귀기만은 이성을 앞세워 열 살 정도 나이가 많은 연장자를 가까운 친구로 두었다. 그것은 조숙한 탓도 있지만 타고난 붙임성과 "또래 친구들과 사귀면 밥 한 끼 얻어먹기가 힘들다"는 알량한 계산도 알게 모르게 작용한 것으로 보인다.

큰 키에 갸름한 미남형으로 생긴 인환은 호주머니에 돈 한 푼 없어도 술집 주인과 다방 마담들이 외상 술 주는 것을 꺼리지 않았다. 더 이상한 것은 인환에게만은 아무도 외상 술값을 받으려 하지 않았다. 그래서 인환은 돈이 없어도 아무 주점에나 들어가 억지를 부렸다. "술 한 잔 줘." "돈은 있어?" "없어." "그럼 못 줘." "꽃 피기 전에 갚을게." 인환은 정말 공짜 술을 마시고 다녀도 밉지 않은 그런 멋쟁이 시인이었다.

인환의 여성편력은 별로 알려진 게 없다. 그의 서른 생애가 사랑하기에는 너무 짧았고, 연애를 하기에도 너무 가난했다. 그리고 술과 친구 그리고 명동이란 질긴 인연이 그를 항상 옭아매고 있었기 때문에 여성의 닫혀 있는 문을 밀고 들어갈 시간적인 여유가 별로 없었던 게 아닐까 하고 다만 추측해 볼 뿐이다.

그렇다고 파도 없는 바다처럼 잔잔하지만은 않았다. 1953년 추적추적 가을비 내리는 날. 인환은 모나리자 다방에 앉아 있었다. 맞은편 그리 멀지 않은 자리에서 계속 쳐다보고 있던 묘령의 아가씨와 눈이 마주쳤다. 여인은 제 발로 걸어와 자리에 앉았다.

"사정이 너무 급해서 간단하게 말씀 올리겠습니다. 저는 지금 약간의 돈이 필요합니다. 선생님께서 우선 빌려 주시면 두 시간 후에 여기로 다시 오겠습니다. 자초지종은 그때 말씀드리겠습니다." 인환은 마침 돈이 있어서 원하는 액수를 선뜻 내주었다. 그리고 여인이 떠나자 인환도 두 시간 뒤의 약속이 지켜질 것 같지 않아 다방에서 나와 버렸다.

일주일 뒤 모나리자에 나갔다가 그 여인을 만났다. 그녀는 그날 이후 인환을 만나기 위해 "하루도 빠지지 않고 다방에서 기다렸다"라고 했다. "저는 서울에서 태어나 상해에서 자랐으며 상해에서 대학을 마치고 프랑스 상사에서 근무했습니다. 우연하게 아편에 손을 대 현재 마약중독자로 치료를 받고 있습니다. 곧 정상인으로 돌아올 것입니다. 저는 선생님 시의 애독자입니다. 저도 프랑스어로 시를 쓰고 있습니다. 지금 가지고 있는 것은 이십여 편이 됩니다." 인환이 황금찬 시인에게 전한 이야기는 여기서 끝난다. 그가 아편중독자 인텔리 여성과 어떤 일을 저질렀는지는 명동 주변의 몇몇 술집 마담이나 알까 더 이상 알려진 게 없다.

인환은 마리서사라는 서점을 두 해 정도 경영할 때를 제외하곤 돈을 벌어 본 적이 별로 없다. 바바리코트 주머니는 항상 비어 있었지만 겉모습만은 부잣집 아들이었다. 그는 술도 조니 워커나 진 피스 같은 양주 마시기를 좋아했고 명품 취미가 있어서 무엇이든 고급 아니면 거들떠보지 않았다.

그는 도시지향적이었고 나아가서 외국을 동경하는 베가본드(vegabond, 방랑자)였다. 시도 그랬다. 국산보다는 외제를 선호했다. 칼 샌드버그, 스티븐 스펜더, W. H. 오든 같은 시인들의 시집을 자랑스럽게 끼고 다녔다. 그의 시 속에 버지니아 울프가 나오고 임종 직전에 쓴 시에 돈나 캄벨이 등장하는 것도 인환의 외국지향 기질을 대변하는 것이다.

고은 시인의 「명동의 밤」이란 시를 읽으며 젊은 한 시절 나에게 큰 별이었던 목마를 타고 떠난 박인환 시인을 그리워한다.

전쟁이 지나간 곳

126

그런 명동 시공관에서
계정식의 바이올린 독주회가 열렸다
아 집시의 탄식
사라사테 〈찌고이네르바이젠〉이었다
독주회 뒤
폐허 명동의 풀밭에 달빛이 쏟아졌다
〈찌고이네르바이젠〉
만취한 박인환이 엉엉 울었다.

천산대학 본과 사학년

"홍매가 꽃잎을 터뜨리고 있다"는 소식이 들려와 대구 경상감영공원
으로 달려 나갔다. 선화당 뒤쪽 아직 아동나무인 홍매 몇 그루가 "우
리가 아니면 누가 봄소식을 전하겠니" 하며 꽤 으스대는 몸짓으로
꽃망울에서 하나둘 꽃잎을 피우고 있었다. 꽃잎 가까이 다가서니 싸
한 향내와 함께 환시처럼 홍매가 활짝 핀 대형 화면이 갑자기 피어
올랐다.

　순천 선암사 무우전 옆 육백 년 묵은 늙은 홍매가 순간적 연상작
용으로 여백 하나 없는 화면에 무더기로 꽃향기 잔치를 벌이고 있
다. 이 환희와 감동! 작년 이맘때쯤 시산제(始山祭)를 지내기 위해
조계산에 올랐다가 내려오는 길에 선암사 법당 뒤에 도열하고 있는
홍매를 만난 엷은 흥분이 기억 인자 속에 꼭꼭 박혀 있다가 갑자기
튀어나온 것이다.

　빛의 생성과 회귀가 색깔을 만들어 낸다더니 홍매 다섯 개의 이파
리들이 너무 붉어 차라리 아픔이다. 다섯 개의 꽃잎 복판에 촘촘하

게 박혀 있는 노란 꽃술들이 벌과 나비를 유혹하기 위해 토해 내는 야릇한 향은 차라리 슬픔이다. 벌도 나비도 아닌 주제에 그 향기에 끌려 코를 갖다 대 보기도 하고 손으로 꽃술을 건드렸다가 손가락에 묻은 화분을 다시 코끝에 문질러 본다. 이곳이 선암사 무우전 옆인지 경상감영공원의 꽃밭 속인지 잠시 멍한 상태로 홍매가 무리지어 있는 아름다운 세계에서 의식의 유영을 즐기고 있다.

홍매의 환영에서 겨우 벗어나니 공원 벤치에는 일터를 잃은 사람들이 수군거리고 있다. 군상들 속에 낯설지 않은 얼굴 하나가 아는 체를 한다. 오래전에 신문사에서 함께 근무했던 동료였다. 대낮인데 그의 얼굴은 홍매의 붉은 기운이 옮겨 붙어 역시 붉다. 낮술의 효력이 '색깔은 곧 빛의 고통임'을 설명하고 분명 생활이 그를 속이고 있더라도 '슬퍼하거나 노하지 않으려고' 이 공원 주변을 서성이고 있는 것 같았다.

산을 내려가시는 아버지의 뒷모습
훤칠한 키에 늘 보기 좋았던
일흔이 넘어도 늘 정정하시던
아버지의 걸음걸이
아, 오늘은 완연한 노인의 모습이다
어깨가 조금 처지고
보폭도 좁아져
조심조심 내려가시는 저 뒷모습

어찌할거나, 아버지.
— 이구락의 시 「아버지의 뒷모습」

아침에 어깨 축 늘어뜨리고 집을 나서는 아버지의 모습을 보고 아들이 '아버지의 뒷모습'이란 시를 떠올리지나 않았을까. 공원에서 무의미한 하루를 보내고 있는 옛 동료의 어깨 처진 가련한 모습이 어쩌면 할일이 없어 산을 오르는 나의 모습은 아닐는지.

나는 지금 천산(千山)대학 본과 사학년에 재학 중이다. 천산대학은 캠퍼스가 별도로 없고 스승도 없는 그야말로 자유로운 대학이다. 산이 강의실이며 나무와 바위 그리고 바람과 햇볕이 교수님이다. 강의는 자연이 불러주는 대로 받아쓰기만 하면 된다. 강의는 주로 바람소리와 물소리, 때로는 사무치도록 적요로운 정적으로 단순하게 진행되지만 학생들의 노트에는 제각각 다르게 적히는 게 특징이다.

풍류를 좀 배우려거나 옛 선인들의 기개를 흉내라도 내 보려는 생각이 있으면 이 대학의 학생이 되는 것이 지름길에 드는 것이다. 등록금은 물론 없지만 실습비는 스스로 책임져야 한다. 커리큘럼도 별거 아니다. 죽을 때까지 천 개의 산을 오르는 것이 공부의 시작이자 끝이다. 지난해 초봄 조계산 등반이 천산대학 입학 후 344회 산행이었고, 다시 일 년이 지났으니 400회 산행을 코앞에 두고 있다.

마흔다섯은
귀신이 와 서는 것이
보이는 나이

130

참 대 밭 같이
참 대 밭 같이

겨울 마늘 냴 풍기며
처녀 귀신들이
돌아와 서는 것이
보이는 나이.

귀신을 기를 만큼 지긋치는 못해도
처녀 귀신 허고
상면은 되는 나이.
— 서정주의 시 「마흔다섯」

시인은 인생의 절반인 마흔다섯쯤 되면 '처녀 귀신과 상면할 수
있는 나이'라 했다. 나도 천산대학 본과 팔학년쯤 되면 산울림 영감
과 함께 낮술 한잔 거나하게 마시고 산 노래를 같이 부를 수 있을까.
졸업하는 날은 나도 산울림 영감이 되어 '이산 저산 눈물 구름 몰고
다니는 떠도는 바람처럼' 그렇게 영원을 살 수 있을까.

토함산 나무들이 쓴 시

가을비가 오랑가랑 내리는 날 토함산을 오른다. 경주 덕동댐으로 들어서자 물 색깔이 노랑 바탕에 붉은 물감을 풀어 놓은 듯 화려 찬란하다. 설악·치악·오대산을 거쳐 숨 가쁘게 달려온 단풍은 남쪽 바닷가 중생들이 살고 있는 저잣거리로 내려가기 전에 토함산 석굴암 부처님으로부터 설법이나 들으려는 듯 넓은 야단법석(野壇法席) 앞에서 기다리고 있다.

이렇게 가을비가 내려도 단풍으로 붉게 물든 나무들은 물감이 번지지 않도록 꼿꼿하게 서서 견딘다. 더 이상 참아 내기가 버거우면 잎새를 떨어뜨리는 마지막 춤사위를 벌인 후, 길 떠날 채비를 갖추겠지. 곧 멎을 것 같은 비는 계속 추적추적 내리고 있다. "가을비 기똥 얼마 오리"란 어제 읽은 시 한 편이 큰 위안이 된다.

가을비 기똥(기껏) 얼마 오리 우장 직령 내지 마라
십리길 기똥 얼마치 가리 등 앓고 배 앓고 다리 저는 나귀를

크나큰 당채로 쾅쾅 쳐 몰지 마라
가다가 주가에 들거든 쉬어 가려 하노라.
― 지은이 모름

언젠가 한번은 가 봐야지 하면서도 쉽게 가지지 않은 산이 토함산
이다. 산행 동료들이 "토함산은 낮고 능선도 부처님 허리처럼 밋밋
하여 재미가 없다" 하면서 단풍철마다 꼭 가 봐야 할 산으로 추천을
해도 곧잘 선에서 빠지곤 했다.

그러나 토함산은 내게는 특별한 산이다. 초등학교 육학년 때 경주
로 수학여행을 갔다가 해돋이를 보러 석굴암에 올랐다. 소년의 눈으
로 본 토함산 일출은 그야말로 감동이었고, 붉게 떠오르는 아침 해
는 어린 가슴에 희망 한 덩이를 안겨 주는 것 같았다.

나는 그때 '언젠가 석굴암에서 태양이 솟아오르는 바닷가까지 걸
어서 가 봐야' 하는 막연한 꿈을 안게 되었다. 그러나 그 꿈은 꿈으
로만 머물렀을 뿐 한 번도 실현되지 않았다. 산을 배우기 시작하면
서 높은 산과 장거리 산행에 길들여져 낮은 산을 얕잡아 보는 버릇
이 생겼다. 따라서 어릴 적 꿈이었던 토함산 코스는 까맣게 잊고 있
었다.

우리는 속도와 직선에 너무 익숙해져 '빨리빨리'와 '똑바로'가 아
니면 오답이란 세상에서 살고 있다. 속도와 직선에는 절대로 풍류나
멋이 창출되지 않는다. 빨리 먹는 음식에서 무슨 맛을 느낄 것이며
스피드를 자랑하는 직선 고속도로에서 무슨 풍경을 볼 것인가.

손으로 뒷짐 진 선비들의 팔자걸음에서 느림의 미학을 배우고 수염 쓰다듬으며 헛기침하는 여유로움에서 풍류를 읽는다. 옛 양반들이 벼슬을 앞세워 백성들을 수탈한 죄는 물론 크지만 그들이 꽃피운 한 시대의 문화는 값지지 않은 것이라고 말할 수 없다.

법정 스님은 갑갑한 이 시대를 향해 일갈했다. 빨리빨리보다는 느림보로 살고, 직선보다는 곡선을 택하여 삶에 여유를 가지라고. 그러면서 스님은 "느리게 살면 투명한 가을철엔 바람·물·공기 같은 것들이 더 맑아 보이고, 귀가 밝아져 풀씨 터지는 소리와 다람쥐가 열매 물고 가는 소리, 그리고 작은 곤충들이 사랑을 나누는 소리까지 들을 수 있다"라고 했다.

프랑스의 사회철학자 피에르 쌍소 교수도 "인생의 궁극적 행복은 고요와 느림의 미학에서 시작된다"라고 말하고, "그 느림은 민첩성이 결여된 행동이 아니라 여유 속에서 삶의 질을 높이는 것이라"라고 덧붙였다.

그의 사상을 요약하면 텅 빈 마음을 흘러가는 시간에 맡기면 사람이 어떻게 살아야 하는지 해답을 얻을 수 있다. 그러니까 잘 먹고 잘 사는 것만이 정말 잘사는 것이 아니란 것을 배우게 된다는 그 말이다.

토함산은 속도와 직선이 범하고 있는 오류를 실체적으로 설명하고 있다. 추령재에서 토함산 정상까지는 불과 한 시간 반이면 오를 수 있지만 직선으로 달려갈 수는 없다. 정상은 분명 서쪽에 있지만 등산객들은 동쪽으로 뻗어 있는 능선 길을 따라 쉼 없이 올라가야 목적지에 이를 수 있다. 법정 스님이 말한 예문이 바로 토함산 코스이기도 하다.

토함산 나무들은 해마다 가을을 만나면 붉은 글씨로 시를 쓴다. 그 시는 요즘 시인들이 쓰는 난해시가 아니어서 어느 누가 읽어도 모두 이렇게 읽는다. "오메 잡것, 단풍이 야단이네."

가을이 되면 나무들은
온 우주에 시를 쓴다
하늘에다 땅에다 사람의 몸에다
빨간 시를 마구 쏟아 붓는다
사람들은 숨차게 뛰어온
삶의 굴레를 벗어
가을의 가지에 걸어 놓고
가을 내 시를 읽다가
스스로 시가 되어 버린다.
— 김지향의 시 「나뭇잎이 시를 쓴다」

정이 흐르는 오솔길

우리나라에서 가장 아름다운 길은 어디일까. 건교부는 '길 중의 길' 공모에서 삼천포대교를 대상으로 뽑은 적이 있다. 그 외에도 문경새재 옛길, 하동포구 십 리 벚꽃길, 구례의 하늘 아래 첫 동네 심원마을 가는 길, 함양의 오도재 넘는 길 등을 열 손가락 안에 꼽았다.

여행을 하면서 '길'을 화두로 삼으면 달리는 먼 길이 전혀 지루하지 않다. 그동안 다녀온 길 중에서 아름다운 길을 뽑아 생각으로 달려 보면 그렇게 재미있을 수가 없다. 암벽에서 떨어져 휠체어를 타야 하는 등산가는 오로지 기억만으로 바위 벼랑에 붙어 하겐을 박고 카라비너를 걸어 하늘로 올라간다. 그것은 어쩌면 한쪽 다리가 없는 장애자가 꿈속에서는 그 잃은 다리에서 통증을 느끼는 것과 같은 이른바 '환각의 다리'와 같은 효과를 얻을 수 있다. 이렇듯 추억이 깃든 아름다운 생각은 곧잘 명상에 들게 하고 그 명상은 나 같은 속인(俗人)을 선(禪)의 경지로 인도하기도 한다.

답사 전문가들이 흔히 말하는 '남도 답사 일번지'라는 강진의 다산초당 어귀를 지나칠 때마다 '아름다운 길'에 대한 상념은 거의 절정에 이른다. 앞서 말한 아름다운 길의 진선미는 눈에 보이는 예쁜 현상에만 높은 점수를 준 표피적인 심사일 뿐이다. 그러나 사랑과 추억 그리고 인정이 녹아 있는 길의 아름다움을 무시한다면 정신을 배제하고 육체만 중시하는 결과에 다름 아닐 것이다. 그래서 불가에서도 보이지 않는 것이 보이는 것의 상위 개념이라고 경전을 통해 말하고 있다.

그럴 일은 없겠지만 내가 만일 아름다운 길의 심사를 맡는다면 현장 답사를 생략한 채 다산초당에서 백련사로 내려가는 '정이 흐르는 오솔길'을 대상으로 뽑을 것이다. 이 길은 유치찬란한 것만 선호하는 이들에겐 아름답게 느껴지지 않을 소담한 시골 산길이다. 그렇지만 선비인 다산과 백련사 승려인 혜장선사의 주고받는 말소리가 조곤조곤 지금도 들리는 듯한 그런 아름다운 길이다.

이 길은 귀양 온 다산이 만덕산 기슭에 초막을 짓고 기거할 때 생긴 길이다. 초당 너머에는 신라 고찰의 맥을 이어온 백련사가 자리 잡고 있었다. 그 사찰에는 해남에 있는 대둔사의 십이대 강사이자 백련사 여덟 명의 대사 중 한 사람인 혜장이 주석하고 있었다. 두 사람의 마음과 마음을 연결하는 통로가, 오르내릴 때 사십여 분 걸리는 이렇게 아름다운 길로 재현한 것이다.

조선시대에는 숭유억불 정책으로 승려들이 핍박받던 시대였다. 그러나 명망 있는 선비들은 학식이 높은 승려들을 업신여기지 않았다. 추사와 초의선사가 그랬고 회재 이언적과 정혜사 스님이 그랬듯이 아웃사이더 기질이 강했던 혜장선사는 열 살 위인 다산을 만나는 순간부터 스승으로 모셨고 다산도 그를 친구처럼 대했다.

그들 우정의 이면에는 다산을 존경했던 스물네 살 아래인 추사와 동갑내기인 대둔사 초의선사의 작용이 큰 듯하다. 다산초당 마당에는 솔방울을 태워 차를 끓이는 다조(茶竈, 차 부뚜막)가 있다. 그게 바로 다산과 혜장이 무한 얘기를 나눴던 카페였음이 분명하다. 만덕산은 야생 차나무가 많아 다산(茶山)이라 불렸는데 정약용 선생은 그 산 이름을 호로 삼은 것이다. 차를 좋아하는 선비와 승려의 만남은 이렇게 만덕산 골짜기에 노천 다실을 차리게 했고 그곳을 내왕하기 위해서 이 세상에서 가장 아름다운 길을 낸 것이다.

간혹 대둔사 초의선사에게서 해차 꾸러미가 혜장에게로 전해 오면 선사는 외던 염불조차 뱉어 버리고 차 봉지를 움켜쥐고 다산초당으로 숨찬 걸음을 재촉하여 올라왔을 것이다. 그리움이란 남녀 사이에만 존재하는 것은 아니다. 우정이 애정보다 더 진한 이유가 여기에 있다.

차를 좋아하는 두 선객(禪客)들은 솔방울에 불을 지피면서 흐르는 눈물을 연기로 말렸을 것이다. 이윽고 차가 끓으면 그동안 못다 한 얘기들을 한없이 풀어놓았겠지. 혜장이 돌아간 후 다산은 우정에 관한 시를 지었을 것이다. 그 시가 너무 마음에 들면 야밤이라도 달빛 등불이 밝혀 주는 오솔길을 타고 백련사로 내려가 "이보게, 자네가 내려간 뒤 시 한 수를 지었네" 하고 낮은 목소리로 시를 읊었을 것이다. 그래서 이 오솔길은 차와 시가 오르내린 문학의 길이 된 것이다.

조각구름 맑아서 궂은 하늘 씻어 내고 / 냉이 밭 나비들 훨훨 나는데 허영구나 / 집 뒤의 나무꾼 다니는 길 우연히 따라가니 / 들머리 보리밭까지 지나오고 말았네 / 땅끝 바다에서 봄이 되니 늙어감 알아지고 / 황량한 시골 벗 없자 중이 좋음 깨달았네 / 먼 산만 바라보고 도연명의 뜻 알 만해서 / 한두 편 산경(山經)을 놓고 중과 함께 얘기했네(片片晴雲拭瘴天 薺田蝴蝶白翩翩 偶從屋後樵蘇路 遂過原頭橫麥田 窮海逢春知老至 荒村無友覺僧賢 且尋陶令流觀意 與說山經一二篇).
— 「봄날 백련사에 노닐면서(春日游白蓮寺)」

다산초당에서 동암으로 올라가면 백련사로 내려가는 길이 보인다. 삼월 초순이 지나면 동백나무에서 송이째 떨어진 동백꽃들이 붉은 융단 길을 만들고 동백 숲 사이사이에 서 있는 부도는 귀양객의 외로움을 대변한다. 키를 넘는 신우대 숲을 지나 앞이 훤히 트인 등성이에 서면 발아래 백련사가 앉아 있다. 멀리로는 남도의 원색을 가장 극명하게 보여 주는 들판 너머 구강포의 너른 바다가 보인다.

남도 여행을 할 땐 바쁜 일정 탓만 하지 말고 반드시 다산초당에 오를 일이다. 다산과 혜장 두 분이 차를 끓였던 차 부뚜막을 찻상으로 삼아 녹차 잔 속에 녹아 있는 푸른 기운을 마시고 싶다. 그러고는 이 세상에서 가장 아름다운 정이 흐르는 오솔길을 따라 백련사로 내려가면 두런두런 이야기를 나누며 앞서 걷는 두 어른을 만날 수 있을 것만 같다. 선비의 혼은 서로 교감하고 통하는지 문득 퇴계의 시한 수가 떠오른다.

옛사람 날 못 보고 나도 옛사람 볼 수 없건만/ 옛사람 못 보아도 가던 길 앞에 있네./ 가던 길 앞에 있으니 아니 가고 어쩌리.
— 「도산십이곡」 중에서

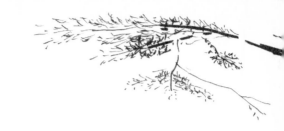

4.

석양주 마실 시간

막걸리란 소리만 들어도 기분이 좋아진다. '한 잔 마시고 싶다'는 혀의 유혹도 유혹이려니와 그 소리를 들을 적마다 안테나를 툭툭! 치며 들어오는 옛 기억들이 머릿속 화면에 가득 펼쳐지기 때문이다. 막걸리는 내 추억의 영화관에서 상영되는 단골 메뉴 중에서도 단연 일급이다.

어머니가 기독교 신자여서 우리 집에는 술이 없었다. 어느 누군가의 입에서 '술'이란 말만 튀어나와도 그것은 하나님에 대한 불경이었고 죄악이었다. 은연중의 세뇌교육 탓으로 어릴 적부터 유년주일학교의 충실한 학생이었으며, 술이나 담배 그리고 나쁜 짓은 스스로 자행할 수 없는 마귀의 짓이라고 생각했다.

그런데 호기심이라는 것은 요물이었다. 또래들이 '공굴(콘크리트 다리)' 밑이나 방천둑 옆 '움턱골(땅이 깊게 파여진 곳)'에 모여앉아 화제가 궁할 때마다 나오는 소리가 "니 막걸리 묵어 봤나"였다. 대부분의 아이들이 "그래, 묵어 봤다"였지만 나는 대답할 수가 없었다.

그러면 대장 격인 아이가 "그래 활이는 놔두고"라고 끝을 맺지만 그게 나에게는 심한 모멸감을 주는 일종의 왕따로 느껴졌다.

아이들은 아버지가 시키는 막걸리 심부름을 할 때마다 주전자에 입을 대고 몇 모금 빨아먹는 재미를 자랑스럽게 얘기하곤 했다. 그러면 어떤 아이들은 "너무 빨아 술이 모자라면 맹물을 약간 타도 술 취한 아버지가 모른데이"라고 한 수씩 가르쳐 주기도 했다. 그럴 적마다 '아버지가 살아 계셨더라면 이런 수모는 당하지 않았을 텐데'라는 생각이 들어 네 살 때 돌아가신 아버지가 그렇게 원망스러울 수가 없었다. 제기랄.

어느 해 여름이었다. 학교에서 돌아와 책 보따리를 팽개치듯 방안에 던지고 나니 감나무 밑 살평상에 낯선 손님이 앉아 있었다. 어머니는 "못도감 어른이시다. 인사드려라" 하고 말씀하셨다. 그러고는 빈 주전자를 내 주시며 "얼른 가서 막걸리 한 되 받아 오너라" 하고 시키셨다. 하나님이 화내실 일을 어머니 스스로가 저지르다니. 못도감이 센 줄 그때 처음 알았다.

당시 농촌에는 힘세고 무서운 사람이 세 명 정도 있었다. 세무서에서 풀어놓은 밀주 감시원, 못물을 관리하는 못도감, 산의 나무를 지키는 산감(山監) 등이 그들이다. 특히 밀주 감시원과 산감은 사법권까지 있었는지는 몰라도 집집마다 감춰 둔 밀주와 생솔가지를 뒤지고 다녔으며 물꼬 트는 권리를 쥐고 있는 못도감은 화투판의 선(일본어 오야)이 '화투패 돌리듯' 제멋대로 물길을 돌리는 횡포를 부렸다. 날이 땡땡 가문 철의 못도감의 위세는 하나님도 못 말릴 정도였다.

어머니가 『성경』에 씌어 있는 말씀을 어기면서까지 어린 아들에게 주전자를 내 주신 까닭은 '마른 논의 물' 때문이었다. 어머니가 재미 삼아 더러 "넌 커서 뭐가 될래"라고 물을 때마다 내가 머뭇거리자 "못도감이나 되었으면 좋겠다"라고 하신 그 뜻을 그때는 몰랐다.

막걸리 주전자를 들고 오면서 한 모금 빨아 봤으면 하는 강한 충동을 느꼈지만 예수 그리스도의 시녀나 다름없는 어머니를 꼼짝 못하게 만든 못도감의 권세에 눌려 꾹 참았다.

고향 동네에는 술도가에서 자전거로 술을 배달하는 딸기코 아저씨가 있었다. 마음이 워낙 좋아 주인이 없는 가게를 지킬 땐 아무에게나 "한잔하소" 하고 술잔을 내민다. 안주래야 '국해(바다 진흙)'가 섞여 거뭇거뭇한 굵은 소금이 전부지만 한잔 술이 고픈 모주꾼들이 수시로 기웃거렸다. 그는 자주 쫓겨났지만 그가 떠나면 손님들의 발걸음도 멀어져 떨어진 모가지가 다시 붙곤 하였다.

딸기코 아저씨는 술을 싣고 가다가 땀을 뻘뻘 흘리며 오르막을 올라오고 나면 주머니 속의 놋술잔으로 술통의 술을 부어 한 잔씩 마셨다. 지금 생각해도 그 모습은 고향 하늘가에 피어오른 자유인의 초상이었다.

벌써 날이 어두워지고 있다. 하루의 부록과 같은 석양주 마실 시간이다. 막걸리 잔 앞에 놓고 잠시 고향을 다녀와야겠다. 딸기코 아

저씨와 제법 잘 차린 주안상에 마주 앉아 한잔했으면 좋으련만 그는
이승에 없다.

괴짜들의 세상

괴짜들이 없는 세상은 삭막하다. 유머가 없고 웃음이 없는 세상을 상상해 보라. 얼마나 황량하고 살맛이 없는지를. 기인들이 살지 않는 이 세상은 바로 예술이 죽고 문학이 화장터로 실려 가는 어둠의 천지가 될 것이다.

구상 시인은 어느 산문에서 "기인이 살지 않는 세상은 적막하다"라고 전제하고 한 시대를 괴짜로 살다 간 포대령 이기련의 이야기를 끄집어낸 적이 있다. 이기련은 경성제국대 법과 출신으로 우리나라 포병을 창설했던 현역 대령이었다. 그는 영어·독일어·중국어·일어를 어려움 없이 구사하는 수재였다.

포대령은 금강산 신계사에 주석하고 있었던 효봉선사의 장조카로 가문과 학벌이 튼튼했지만 타고난 대자유인의 기질을 주체하지 못했다. 군문을 벗어나면 대구 시내 감나무집, 말대가리집 등 막걸리집을 돌아다니며 문인묵객들과 격의 없이 사귀었다.

한국전쟁 당시에는 포병부대 대대장으로 헌병대장과 의견 충돌로 권총을 빼들고 서로 싸우기도 했다. 그리고 전역한 뒤에는 남문 시장의 길거리 배추 장사로 변신한 못 말리는 기인이었다. 1952년 초겨울 구상 시인과 어느 막걸리집에서 처음으로 만나 통성명을 하는 순간 괴짜가 괴짜를 서로 알아보고 말을 트는 사이가 돼 버렸다.

포대령은 마당발인 구상 시인의 상대역으로 양(洋)의 동서(東西)를 넘나들며 구수한 입담으로 이야기를 풀어놓는 그야말로 인간 안주였다. 그가 구상 시인과 술친구가 되고부터 대구로 피난 왔던 김팔봉·장덕조·김광섭 등 서울의 내로라하는 문인들이 합세하여 암담하고 처참했던 전쟁통의 울분을 씻을 수 있었던 것이다.

그는 군에 있을 때 이런 꿈을 꾸고 있었다. 그건 괴짜들이 능히 이룰 수 있는 꿈이었다. 장군으로 진급하면 지프차 대신 양조장에서 막걸리통을 배달하는 짐 싣는 자전거 앞뒤에 별판을 달고 출퇴근하겠다고 호언장담하고 다녔다. 그러나 그는 장군 진급은 하지는 못했다.

이렇듯 구상 시인은 포대령 외에도 기인이자 천재화가였던 이중섭을 친구로, 보호자로 끌어안았고 또 다른 괴짜인 깡패이자 춘화 전문 화가인 박용주와는 서로 시인과 깡패라는 호칭을 바꿔 부를 만큼 우의를 돈독하게 유지했다. 이런 기인들을 알아보고 그들 속에 잠재해 있는 능력과 매력을 끄집어낼 수 있는 의인이 있었기에 전쟁으로 암담하고 불우했던 시대에도 크게 한번씩 웃을 수 있었던 것이다.

괴짜들은 이 세상을 밝게 한다. 그런 괴짜들이 세상 곳곳에 묻혀 있으면 스스로 빛이 난다. 그들의 수가 많으면 많을수록 세상은 행복해지고 가난 속에서도 방글라데시 국민들처럼 행복지수는 올라간다. 괴짜들은 옆 사람을 억압하지 않고 그냥 서 있어도 달동네 담벼락에 그려진 벽화처럼 넉넉하고 푸근하다.

당나라 유학을 포기하고 서라벌로 돌아온 원효는 조롱박을 차고 춤을 추면서 "자루 빠진 도끼를 나에게 달라. 내가 자루가 되어 그 도끼로 하늘을 떠받칠 기둥을 깎겠다"라고 외치고 다닌 기인이었다. 태종무열왕 김춘추는 원효의 사람됨과 그 뜻을 얼른 알아차리고 전쟁을 치르는 동안 그를 요석궁에 연금시켜 딸인 요석공주의 품에 안기도록 만들었다. 괴짜들이 만들어 가는 세상은 바로 이런 것이다.

원효 외에도 근세로 들어오면 기행의 교과서로 불리는 경허 스님을 비롯하여 만공·한암·혜봉·효봉·경봉 스님 등이 기행 속에서 도를 깨쳐 오늘의 불교 중흥을 이룩하지 않았는가. 따지고 보면 불교는 윗대 선사들의 기행으로 이룩한 종교인지도 모른다.

혜림사에 머물던 단하는 추위를 이기지 못하고 법당의 목불을 도끼로 잘게 쪼개 군불을 땠으며, 소요는 진흙소로 달빛을 쟁기질한 시인이었다. 경통은 자기 몸에 불을 붙여 스스로를 화장했고, 청활은 자기 시신을 산짐승의 먹이로 내주었다. 지한도 걸어가면서 죽는 시범을 보인 괴짜 중의 괴짜들이다. 그러나 이들이 세상을 어지럽게 하지는 않았다.

지금 우리 사회는 괴짜들이 양성되고 자랄 수 있는 자양분이 고갈된 상태다. 평등을 표방하고 힘겹게 달려온 고교평준화가 차별화로 치닫고 있고 기존 인습을 벗어나지 못한 알량한 상상력만 평준화가 이뤄져 독창성이 없어졌다. 괴짜들의 행위와 생각은 바로 독특이며 독창이다. 예술 전반에 아무리 발상의 전환을 외쳐 봐야 엔진 기어가 꼼짝 않고 있으니 아름다운 상상력은 제자리걸음만 할 뿐이다.

학문·예술·스포츠 등 전 분야에 더 많은 괴짜들이 양산되어야 한다. 괴짜 학자들이 만들어 낸 줄기세포에 뿌리가 나야 하며, 문학·음악·미술 분야에서도 괴짜들의 신선한 출현이 있어야 한다. 프랑스의 비구상 공모전에 그림이 아닌 물감이 덕지덕지 묻어 있는 팔레트를 출품하여 입상한 신선한 아이디어가 빛을 보는 세상이다. 우리는 죽은 마릴린 먼로를 캔버스에 되살린 앤디 워홀과 행복한 눈물 한 방울을 그려 엄청난 돈을 받고 삼성가 리움미술관에 넘긴 로이 리히텐슈타인에게 배워야 한다. 그들은 화가 이전에 톡톡 튀는 아이디어를 가진 괴짜들이었다.

비단 예술계에만 위대한 상상력의 소나기가 필요한 것은 아니다. 세계를 지배하는 빌 게이츠와 스티브 잡스는 물론 이제는 하버드의 괴짜인 마크 저커버그가 세계의 전 인류를 친구로 만들어 주는 페이스 북을 창시하여 새로운 세상을 뒤흔들고 있다.

바야흐로 괴짜라야 성공하는 시대가 온 것이다. 시험지의 사지선다형 문제를 검게 칠하는 것으로 모범답안을 작성해선 안 된다. 창의적 독창성으로 한계의 틀을 뛰어넘어야 한다. 이제는 괴짜들의 세상이다. 우리 모두 괴짜가 되어야 한다. 괴짜는 못 되더라도 그 정신만은 배워야 한다. 평범과 보통으로 이 세상을 아름답게 치장하기엔 세월이 너무 빨리 달아나고 있다.

시인의 풍류

풍류를 이야기하면서 김관식 시인을 빼놓을 수 없어 잠시 저승에서 주전자 채로 술을 마시고 있는 그를 불러온다. 그는 가난했지만 당당했고 외로웠지만 늠름했으며, 죽고 싶지 않았지만 서른여섯 나이로 요절한 기인이다.

주변의 시인들은 "김관식은 오기와 술과 기행뿐이었다" 하고 평한다. 그가 쓰고 있는 오기의 면류관 옆에 '풍류'라는 깃털 하나 붙여 주는 데는 모두들 인색하다. 시인의 생애는 불만과 객기로 범벅이 되어 있는 수렁에서 이전투구를 벌이다 막이 내려졌다 해도 과언은 아니다. 그러나 시인의 마음 깊은 곳에서 불고 있는 쓸쓸하고 외로운 바람을 이해하고 보듬어 주는 사람은 별로 없다. 껍데기만 보고 평하는 오류, 그것이 김관식을 보는 세간의 눈이다.

김관식은 신동이었고 한학에 밝았다. 우여곡절 끝에 미당 서정주의 동서가 되어 『현대문학』을 통해 문단에 나왔다. 이십 년 문단 선배쯤은 '군(君)'자를 붙여 부를 정도로 기고만장했다. 국회의원 선거에 장면과 맞붙어 282표를 얻어 대패했다. 세검정 밖 홍은동 산비탈을 무단점거하여 무허가 판잣집을 지어 자신도 살고 가난한 문인들을 불러 공짜로 살게 했다. 평생 마신 술 때문에 오장육부가 깡그리 망가졌다. 임종 때까지 머리맡에 술 주전자를 매달아 두고 막걸리를 홀짝거리다 그렇게 죽어 갔다.

나의 임종은 자정에 오라!
가장 소중한 손님을 맞이하듯
너를 위해 즐겨 마중하고 있으마
비인 방에 호올로 누워
천고의 비밀을 그윽히 맛보노니…
그동안 신세 끼친 여숙을 떠나
미원한 본택으로 돌아가는 길이다.
— 「나의 임종은」 중에서

서울에 살고 있는 범공(凡空) 이범수란 친구가 김관식 시인의 수제자란 걸 안 지는 꽤 오래 되었지만 별로 중요하지 않아 한참 동안 잊고 지냈다. 그는 내 동급생 친구의 사촌동생의 친구로 내보다는 한두 해쯤 후배임이 분명한데 나이는 한 살 많은 이상한 친구다. 그가 다른 사람에게 나를 소개할 때는 "이 친구는 내 친구의 사촌형의 친구인데 나이는 내보다 한 살이 적습니다." 뭐 이런 식으로 말하곤 하는데 사실 그것도 그리 중요한 일은 아니다.

친구의 사촌동생의 친구인 그가 서울상고 1학년 5반 학생이었을 때 김관식 시인이 국어 교사로 부임했다. 수업을 마친 어느 날 선생님이 친구를 불렀다. "야, 보이스카우트 배지 단 놈, 나 따라와." 스승은 앞서고 제자는 뒤서고 이렇게 학교 앞 목로주점으로 향했다.

도망칠 수 없는 난감한 형편 속에서 스승의 술 시중을 들다가 결국 대작 파트너가 되어 버렸다. 친구의 유전인자 속엔 술을 배척하는 인자가 전혀 없는 것이 큰 인연으로 작용하여 스승의 수제자가 될 수 있었다. 그날 이후 두 사제는 '학교에서는 선생님, 교문을 나서면 형님'으로 부르는 사이로 발전했다. 만약 학교 밖에서 선생님으로 불렀다간 당장 꿀밤을 맞아야 했다. 친구는 술의 보급과 운반, 월급봉투의 관리와 외상장부의 결제 등 온갖 잡무를 떠맡아야 했다.

시험 바로 전날만큼은 안 되겠다 싶어 도망갈 궁리를 하고 있었다. 스승은 얼른 알아차리고 "야, 걱정 말아라, 나만 믿어" 하고 친구를 안심시켰다. 스승은 시험감독을 바꿔 들어와선 답안 작성을 도와주었다. 공부하지 않고도 공부 잘하는 학생으로 행세할 수 있었다.

군화를 신고 벙거지를 쓴 스승은 조롱박을 찬 원효 스님처럼 허리춤에 딸랑거리는 빈 도시락을 차고 다녔다. 새로 부임한 교장이 청소부인줄 알고 청소 상태를 지적하다가 권투 펀치를 얻어맞은 적이 있다고도 한다. 교장이 수업 참관을 오는 날이면 일부러 흑판에 초서를 휘갈겨 써 두고 "교장이 이런 쉬운 글자도 못 읽는다"라며 빈정대기도 했다.

짧은 생애를 제멋대로 살았던 시인은 세상과 코드가 맞지 않았고 세상을 옹졸하게 살아가는 사람들과 불화했지만 그의 빈 가슴속엔 자연으로 돌아가고픈 뜨거운 열정이 있었다. 그가 쓴 「거산호(居山好)」란 시를 읽으면 괜히 눈물이 난다.

산에 가 살래
팥밭을 일궈 곡식도 심구고
질그릇이나 구워 먹고
가끔 날씨 청명하면 동해에 나가
물고기 몇 놈 데리고 오고
작록(爵祿)도 싫으니 산에 가 살래.

투망으로 추억 건지기

사보타주(sabotage). 이 낱말은 원래 프랑스 노동자들이 쟁의 중에 사보(sabot)로 기계를 부순 데서 나온 것으로 태업을 뜻한다. 분명 나쁜 뜻의 단어이지만 그 속을 찬찬히 들여다보면 모험을 예고하는 어떤 멋이 들어 있음을 느끼게 된다. 내가 고등학교 다닐 적엔 이 사보타주라는 낱말이 '사쁘링'이란 말로 바뀌어 수업시간에 빠져나가 엉뚱한 짓을 하는 것으로 설명되곤 했다.

고교시절 국어 선생님 말씀이 생각난다. "멋이란 건 말이다. 똑바로 제 길을 걷는 사람에겐 멋이 생기지 않는 법이다. 무슨 말인지 알겠나. 밭 갈던 소가 다른 이랑의 풀이 탐나 한 발을 슬쩍 옮겨 놓을 때 그때 멋이 창출된다는 그 말이다. 사쁘링도 때론 멋이란 말이다. 알겠나. 멋대가리 없는 놈들." 선생님은 참 멋쟁이셨다.

근엄한 선비의 표상인 다산이 벼슬살이를 시작한 이십대 초반 사쁘링을 놓아 고향인 초천에 물고기를 잡으러 간 기록을 읽어 보자.

정사년(1797) 여름, 나는 명례방(명동)에 있었다. 석류꽃이 막 망울을 터뜨리고 보슬비가 갓 개자 초천에서 물고기를 잡고 싶은 생각이 굴뚝같이 일었다. 이때 법제는 위에 고해야 도성문을 나설 수가 있었다. 아뢰어 보았자 허락 얻기가 어려워 몰래 빠져 나가 초천에 이르렀다. 그물을 가져다가 고기를 잡으니 크고 작은 놈이 오십 마리가 넘었다. 배로 남자주(藍子洲)로 건너가 강변사장에 솥을 걸고 배불리 먹고 마셨다. 중국의 장한(張翰)은 농어와 미나리가 먹고 싶어 관직을 버리고 고향인 강동으로 돌아갔다는데 오늘 내가 그와 같구나.

고향인 초천의 강물빛이 그리웠던 다산은 근무지 이탈도 마다 않고 달려 나가 옛 선비 장한을 기억해 낸 것은 자신도 벼슬을 때려치우고 강 소년으로 살고픈 생각이 순간적으로 들었던 것일 게다. 그러나 한 번 떠나온 고향은 찾아갈 수 있는 땅 위에 없고 다만 기억 속에서만 존재할 뿐 다산도 찾아온 고향이 안주할 땅이 아니란 걸 육감적으로 알았을 것이다. 그래서 이런 시를 쓰고는 고향에는 쉽게 돌아갈 수 없음을 절감했으리라.

버드나무 언덕에 쓸쓸히 말은 울고
광릉 가는 배에 바삐 올라타네
아스라한 성궐은 구름 속에 아득한데
울멍줄멍 묏부리는 물 위로 떠 있구나
만 이랑 물결치며 눈 익은 길을 열자
바람 맞은 나룻배는 나는 누각 앉은 듯

수레바퀴 어깨 부딪는 서울 땅은 알았어도
푸른 강물 흰 갈매기 정말 믿지 못하겠네.
— 다산의 시 「초천에 가려고」

이 글을 읽고 있으려니 문득 내 젊은 시절의 한때가 생각난다. 칠십년대 초 사회부 기자로 대구시청을 출입할 때이다. 경주 건천 출신인 김수학 시장이 여름 오후 다산처럼 초천이 생각났는지 갑자기 "고향 강에 물고기를 잡으러 가고 싶은데 함께 가지 않겠소" 하고 물어 왔다. 도시에서의 일탈은 항상 즐거운 것, 마다할 이유가 없었다.

현장에 도착하고 보니 고기잡이에 나설 동리 사람들은 아무도 보이지 않았다. 예상과는 달리 시장님이 직접 투망을 들고 강바닥으로 나서는 것이었다. 운전기사는 자동차에서 떼 낸 전구가 달린 배터리를 등에 짊어지고 손가락질하는 대로 불을 비춰 주었다. 두 사람의 솜씨는 보통이 아니었다. 이렇게 손발을 맞춘 지가 꽤 오랜 듯하였다.

그날밤 잡은 물고기는 피라미·꺽지·뿌구리·텅거리 등으로 민물고기로선 일급이었다. 양은 냄비의 절반쯤으로 동행한 일행들이 조림과 매운탕을 끓여 즐기기엔 충분했다. 지금 생각하니 이백 년 전의 다산이 사쁘링을 놓아 광나루를 지나 미사리를 거쳐 하룻밤을 미음촌에서 자고 이튿날 고향인 초천의 그 맑은 강물에서 그물로 물고기를 잡아 '실카장'(싫토록의 고어) 즐긴 것이나 우리가 그렇게 한 것이나 하나도 다를 바 없었다.

집으로 돌아와 생각해 보았다. 대구의 성주인 시장님이 직접 투망질을 하여 물고기를 잡는데 젊은 내가 투망질도 할 줄 모른 채 가만히 앉아 있자니 그건 아주 부끄러운 일이었다. 그 길로 투망을 사 주말마다 내 고향인 하양의 금호강으로 달려 나가 독학으로 그물질을 익혔다. 이젠 강물의 물살 모양에 따라 삼각 그물질을 할 수 있을 정도로 실력은 늘었고, 그물질 중에 가장 어렵다는 은어 잡이에도 나설 정도가 되었다. 그동안 바꾼 투망만도 대여섯 채가 넘었으며 가을마다 그물에 풋 감물을 먹이느라 부산을 떤 적도 이미 오래전 일이다.

장마가 지고 난 후 강물이 제 물색을 찾으면 다산처럼 고향 강변에 서고 싶다. 어느 뉘 가자는 이 있으면 그에게 손잡이 떨어진 냄비를 들려 투망질을 하고 싶다. 그렇게 추억을 건져 올리고 싶다.

소나무 껍질 조각배

어리석게 보이지 않으려고 한없이 노력하며 살아왔다. 그렇게 살다 보니 그게 바로 어리석은 일이었다. 이 세상에는 호불호(好不好)가 없는 것 같다. 오죽했으면 호사다마(好事多魔)나 새옹지마(塞翁之馬)란 말이 생겨났을까. 어리석지 않게 사는 것도 한 방편이요, 어리석게 사는 것도 삶의 한 방법이라면 굳이 자로 치수를 재며 아옹다옹하며 살 이유가 없을 것 같다.

젊은 시절 대구의 남문시장 헌책 골목에서 '우석(愚石)'이란 글씨가 새겨진 편액 하나를 사 당호로 삼은 적이 있다. 두 눈 똑바로 뜨고 영악스럽게 사는 것보다 낡은 트렌치코트에 빈손 찌르고 좀 헐렁하게 사는 것이 오히려 편할 것 같은 생각에서였다. 그래서 차돌에 구멍이 숭! 뚫린 듯한 우석이란 글자의 뜻이 그렇게 마음에 들었나 보다. 그런데 우석을 당호로 삼았다고 해서 종전보다 더 어리석어지지도 않았으며 그렇다고 더 총명해지지도 않았다. 타고난 심성을 판자 쪼가리의 글씨가 바꿔 주지는 못했다. 우석이란 편액은 친구에게 줘 버려 지금 내 곁에 없다.

지인 중의 몇몇 사람은 세파를 비껴가는 아부의 달인들이다. 험한 물결을 타는데 도가 터서 올림픽 카누 선수들조차도 이들을 이겨 내지는 못할 정도의 명인들이었다. 머리 조아리고 두 손 비비고 주군의 말씀에 절대로 "노"라고 이의를 걸지 않는 사극에 나오는 이방 같은 분들이었다.

그들은 스스로의 행동이 정말로 정당하다고 생각했고 옆에서 보기에도 그들은 현실감각이 뛰어난 민첩한 일꾼처럼 보였다. 그런데 그것은 큰 어리석음이었다. 남들보다 앞서 잇속을 챙기기 위해 날아가듯 달려간 골인 지점에는 아무것도 남아 있는 게 없었다.

자존심까지 팔아 가며 돈을 긁어모아 일확천금을 노리고 돈놀이와 펀드 등에 투자한 것이 잘못 되어 깡통을 차야 할 형편이 되고 말았다. "그럴 줄 몰랐다"라는 때늦은 후회는 느긋하게 걸어서 도착한 주위 사람들로부터 "그럴 줄 알았다"라고 빈정거림만 당했다. 어리석음이 총명함을 이기는 지혜는 「토끼와 거북이」란 우화에만 있는 것이 아니다. 인간 세상에 흔하게 널려 있는 논픽션이다.

우(愚)와 맥을 같이 하는 글자 중에는 치(痴)와 졸(拙)이 있다. 모두 한 형제거나 사촌들로 어리석고 옹졸하기는 그게 그거다. 그런데 옛 선비들은 학식과 재능이 과거에 급제할 정도로 똑똑했지만 이런 우둔한 글자들을 흠모하고 숭상했다니 알다가도 모를 일이다. 선비들의 마음 깊은 곳에서는 느긋한 느림의 미학이 빠른 속도의 과학을 우선한다고 믿었나 보다.

우는 주로 호와 자에, 치는 정자와 서재에, 졸은 당호나 별당 등의 이름으로 썼다. 그러니까 선비들은 글자 한 자를 택함에 있어서도 자신을 낮추려는 의지와 노력이 부단했음을 일러 준다. 족자 폭에 쓰인 글자들도 강약으로 비례를 맞추듯 삶에도 빛과 어둠, 나아가서 현명과 우둔을 뒤섞어야 제대로 균형을 이룬다고 보았을 것이다.

대교약졸(大巧若拙)이란 말은 '큰 기교는 겉보기에는 보잘것없어 보인다'는 뜻이다. 작은 꼼수는 모든 사람들이 알아채지만 큰 기술은 하나님도 알아채지 못하는 경우가 왕왕 있다. 조선조 통틀어 최고의 문사라 할 수 있는 추사도 제주 귀양살이를 끝내고 돌아온 예순셋에 이르러서야 '소박한 것이 아름답다'는 지극히 평범한 이치를 깨우치고 마지막 거처의 당호를 '졸한 것을 지키는 집'인 수졸산방(守拙山房)으로 정했다고 한다.

무오사화 때 아깝게 희생된 김일손은 충청도 제천 현감으로 있는 친구 권자범이 객관 서쪽에 사랑을 지어 기문(記文)을 청하자 치헌(癡軒)이라 지어 주었다. 어리석은 사람이 사는 집이란 뜻이다. 그는 "자네는 다른 이에 비해 말하는 것도, 모양내는 것도 어리석고, 출세하는 것도 어리석어 시골의 현감이 되었으니 모든 것이 어리석네. 그러니 이 사랑의 이름을 자네의 인품과 처신에 걸맞게 치헌으로 지었으니 어떤가"라고 말했다. 그랬더니 친구는 "앞으로 처세를 더욱 어리석게 하여 남은 일생을 어리석게 마치겠네"라고 대답했다.

그러자 김일손은 다시 "어리석음을 의식한 어리석음은 어리석음이 아니니 애써서 어리석게 살 일은 아니다"라고 말했다. 친구는 "내가 세상의 교가 싫어 어리석게 살려는데 어리석게 사는 것이 그토록 어려우면 어떻게 어리석게 살 수 있겠는가"라고 하자, 김일손은 "자네는 정말 어리석다"라고 말하고 친구를 바라보니, 치 강의에 지쳐버린 친구는 난간에 기대어 꾸벅 졸고 있었다. 자, 그러면 누가 더 어리석은가.

"총명한 것은 어렵지만, 어리석은 것도 어려우며 총명함에서 어리석음으로 돌아오는 것은 더 어렵다. 한 번 포기하고 한 번 양보하면 곧 마음이 편안해지나니 그것은 나중에 보답을 얻기 위해서가 아니다." 이 글은 청나라 때 정섭이란 이가 쓴 「난득호도(難得糊塗)」란 시다.

세상에는 어리석은 것이 때론 총명할 때가 있고, 총명한 것이 때론 어리석을 때가 있다. 그러면 우리는 어리석게 살아야 하는가 아니면 어리석지 않게 살아야 하는가. 그 답은 흐르는 강물 위에 소나무 껍질로 만든 조각배를 띄워 보면 쉽게 알 수 있다. 강가에 나가 조각배를 띄워야 할 시간에 이렇게 책상 앞에 앉아 어리석은 글을 쓰고 있으니 나는 치헌의 주인보다 좀더 어리석다. 꾸벅! 글을 쓰다 말고 나도 졸고 있네.

〈세한도〉

국보 제180호인 〈세한도(歲寒圖)〉는 추사가 그렸지만 추사의 것이 아니다. 추사의 제자 우선(藕船) 이상적(李尙迪)의 소유다. 그렇지만 세월이 흐른 지금에는 우리 국민들의 것으로 바뀌었다. 〈세한도〉는 추사의 뛰어난 그림 솜씨가 없었다면 빚어지지 않았겠지만 이상적이란 제자의 스승에 대한 지극정성이 없었어도 세상에 태어나지 못했을 걸작 명품이다.

이렇듯 한 시대를 대표하는 피카소의 〈게르니카〉 같은 명작은 전쟁이란 시대상황이 원인을 제공하기도 하지만 때로는 끈끈한 인정이 빌미가 되어 〈세한도〉 같은 영세불망의 출중한 예술품을 탄생시키기도 한다. 〈세한도〉는 겉으로 보기에는 나무와 가옥 그리고 눈에는 보이지 않는 푸른 바람만 그려져 있다. 그러나 찬찬히 그 속을 들여다보면 정이라는 질긴 인연이 갈필을 통해 화선지에 묻어나 있음을 한참 나중에 알게 된다.

재주가 뛰어난 천재들에게선 대체로 인간미를 느끼지 못한다. 추사가 그렇다. 인간미가 없다는 것은 멋과 풍류가 없다는 말과도 맥이 통한다. 그래서 남도 쪽을 두루 돌아다니며 다산과 초의 그리고 소치의 흔적을 만날 때마다 추사가 불쑥불쑥 고개를 내밀며 훈수를 두곤 했지만, 그에게선 칼날 같은 찬바람만 느껴질 뿐 훈훈한 인간적인 정은 느끼지 못한다.

제주도 귀양길에 동갑내기 친구인 초의선사를 만나기 위해 대둔사에 들른 추사는 그때까지도 마음 깊은 곳에 자리하고 있는 오만과 편견을 버리지 못한다. 초의더러 대법당에 걸린 원교 이광사가 쓴 '대웅보전'이란 현판이 "촌스럽다" 하며 떼어 버리라고 이른 것이나 선운사 백파선사와 벌인 말싸움에 가까운 선교(禪敎) 논쟁도 천재 특유의 아집이 빚은 결과다. 쉽게 철들지 못하는 천재의 품성은 귀양살이의 모진 비바람을 맞은 후에야 다듬어지고, 아니면 누가 죽은 후에 깨우치게 되니 안타깝기만 하다.

그런데 그 추사의 제자인 우선은 성품이 편협한 스승을 뛰어넘는 큰 그릇이었다. 그는 추사가 유배생활 사년차였을 때 북경에서 구한 귀한 책인 『만학집』과 『대운산방문고』를 제주로 보내준다. 이듬해에는 『황조경세문편』 79책을 어렵게 구해 다시 제주로 보낸다. 이에 추사는 정성에 감격한 나머지 보답할 요량으로 〈세한도〉를 그릴 마음의 준비를 하게 된다.

대대로 역관 벼슬을 해 온 집안에서 태어난 이상적은 자신도 역관이 되어 열두 차례나 연경을 다녀온 중국통이었다. 그는 용모도 수

려할 뿐 아니라 문체도 아름다웠다. 그리고 타고난 심성은 착하고 의리가 깊어 일흔 명이 넘는 중국 문인들과 친교를 맺을 정도로 사교성도 뛰어났다. '꿈속에서 한 약속을 꿈인 줄 알면서도 지킨다(夢中許人 覺且背其信)'는 옛말은 그를 두고 한 말인 것 같다.

머릿속으로 〈세한도〉를 구상하고 있던 추사는 그림도 그림이지만 오히려 발문을 어떻게 쓸까 하고 더 많이 고심한 흔적이 뚜렷하다. 추사는 귀양살이를 하는 자신의 처지를 매운 바람 앞에 벗은 몸으로 맞선 송백으로 표현하고, 발문에는 제자가 중국에서 귀한 책을 구해 보내준 데 대한 감사한 마음을 적는다.

세상을 휩쓰는 풍조는 오로지 권세와 이득을 좇는 것이 상례인데 그대는 어렵게 구한 책을 권세가에게 주지 않고 바다 바깥에 있는 초라한 나에게 보내 주었도다. 한겨울 추운 날씨가 되어서야 송백이 시들지 않음을 알 수 있다 하더니 그대가 나를 대하는 마음이 그러하도다.

이에 대해 우선은 "삼가 그림을 받자옵고 눈물이 흘러내림도 알지 못하였습니다. 아! 저도 도도히 흐르는 세파 속에서 권세와 이익을 따르지 않고 어떻게 초연할 수 있었겠습니까. 다만 작은 마음으로 스스로 하지 않을 수 없어 그렇게 했을 따름입니다"라고 답한다. 두 사람의 모습에서 진정한 사도와 제자의 아름다운 마음씨가 엿보인다.

역사 속에 우뚝한 사제관계는 '사계와 우암'의 예를 들 수 있다.

우암(尤庵) 송시열은 그의 스승 사계(沙溪) 김장생에게 글을 배울 때 말을 타고 하루 백 리 길을 내왕하며 고된 공부를 한 적이 있다. 하루에 오는 길과 갈 길이 멀었지만 사계는 우암을 곁에 재워 주지 않고 고된 훈련을 통해 그렇게 심성을 단련시켰던 것이다. 야성이 강한 우암은 사계와 같은 참된 스승을 만나지 못했다면 성리학의 학통을 이어 받기는커녕 저잣거리의 싸움꾼이나 되었을지도 모를 일이다.

어쨌든 이상적의 〈세한도〉는 사후 그의 제자였던 매은(梅隱) 김병선으로 소유가 바뀐다. 그러다가 휘문고 설립자인 민영휘의 아들 민규식이 추사 연구가인 일본인 후지츠카에게 팔아넘겨 오랫동안 일본에 머물게 된다. 우여곡절 끝에 서예가 소전(素荃) 손재형이 무상으로 넘겨받아 소장하다가 사채업자 이근태에게 넘어가고 말았다. 지금은 개성부자 손세기의 아들 손창근이 소장하고 있다.

사람에게 영혼이 있듯 걸작 서화 폭에도 분명 영혼이 깃들어 있을 거란 생각을 가끔 해 본다. 그건 그림을 그린 예술가의 치열한 작가정신과 수장가의 집요한 수집정신이 결합했을 때 폭발적인 에너지를 얻어 영원불멸의 혼불 같은 것으로 재현되리라 믿는다. 〈세한도〉가 일본인의 품을 벗어나 제자리로 돌아온 것은 귀향을 염원하고 있던 그림 속의 영혼이 크게 작용했음이 분명하다.

〈세한도〉는 사람의 눈으로는 볼 수 없고 또 보이지도 않는 영혼을 추사라는 희대의 명인이 갈필로 그린 것이다.

선교장의 과객들

강릉 배다리 마을에 있는 선교장은 강원도가 자랑하는 아름다운 건축물이다. 집 구경 한 번 하는데 입장료를 내야 할 만큼 눈요깃거리가 많은 집이다. 눈의 호사도 호사지만 이 집을 찬찬히 들여다보면 숨어 있는 이야기가 입장요금을 충분히 갚음해 주고도 남는다.

선교장은 효령대군 11세손인 이내번(1708-1781)이 터를 잡은 이래 삼백 년 동안 후손들이 살고 있는 명가 명옥이다. 이 집 어른들은 일백이십 칸 저택을 일 년 사철 열어 두고 가난한 문인 묵객을 비롯하여 예술의 명인들을 소리 소문 없이 지원해 왔다. 그래서 이탈리아 피렌체의 메디치가에 비견되는 그런 집이다.

후손 중 통천군수를 지낸 이봉구(1802-1868)는 영동지방에 심한 흉년이 들자 선교장의 곳간을 활짝 열어 제치고 굶고 있는 이웃들을 먹여 살렸다. 이는 경주 최 부자가 흉년에는 땅을 사지 않고 지나가는 과객들에게 밥과 잠자리를 제공한 것이나, 전남 구례군 토지면 오미리에 있는 삼수 부사를 지낸 류이주의 운조루에 가난한 이웃들이 마음대로 쌀을 퍼 갈 수 있는 큰 뒤주를 두고 있는 것과 궤를 같이 하는 것이다. 부자가 제 혼자만 잘 먹고 잘살면 졸부일 뿐 진짜 부자는 되지 못한다.

안빈낙도를 신조로 삼았던 이내번의 손자 오은처사 이후가 순조 15년(1815)에 도연명의 「귀거래사」에 심취하여 친척 친지들과 정담을 나눌 공간으로 열화당(悅話堂)을 짓는다. 그리고 내친 김에 이듬해에는 연못을 파고 활래정(活來亭)이란 멋들어진 정자를 세운다.

"세상과 더불어 나를 잊자. 다시 벼슬을 어찌 구할 것인가. 친척들과 정겨운 이야기를 나누고 거문고와 책을 즐기며 우수를 쓸어버리리라." 도연명의 이 절창 한마디가 이렇게 크게 영향하다니. 따지고 보면 열화당과 활래정도 결국 문학적 감동이 빚어낸 작품인 것을.

채송화 씨가 맨드라미꽃을 피우지 못하고 나팔꽃 씨에서 봉선화가 싹트지 못한다. 이 집안에 이근우(1877~1938)라는 멋쟁이가 이후의 증손자로 태어나 선교장의 위상을 한 수 높은 경지로 끌어 올린다. 그는 타고난 풍류객으로 시·서·화를 꿰고 있었고 음악을 벗할 줄 알았다. 지금의 활래정도 그가 중수한 것이다.

거문고를 특히 좋아한 그는 전국의 명인들을 불러들여 후한 사례금을 주어 가며 몇 달씩 묵어가게 했다. 그러니까 명인들이 머무는 동안 선교장 터에는 '열린음악회'가 밤낮으로 열렸으며 가무음곡에는 명주명효가 필수로 뒤따랐을 것이다.

이 집을 드나들었던 과객들은 수를 셀 수 없을 정도로 많았지만 그들이 남긴 서화가 없었다면 그들의 이름을 기억하지 못한다. 그중에서도 경북 성주 출신 차강(此江) 박기정(朴基正)은 아주 특별하다. 그는 열두 살 때 이미 서예의 자질이 뛰어나 진주 향교의 집필사로 발탁된 인물이다.

차강은 우연한 기회에 선교장에 놀러 갔다가 마침 붓으로 그림을 그리는 과객들 사이에서 장난삼아 일필휘지한 것이 선교장 주인의 눈에 들었다. 차강보다 세 살 아래인 주인 이근우는 그를 놓아 주지 않았다. 차강은 그날 이후 줄곧 선교장에 머물면서 관동을 대표하는 서예가로 활동하게 된다.

차강은 이미 알고 있는 화법으로 기교를 부리지 않고 끊임없이 배움의 고삐를 늦추지 않았다. 그는 추사 김정희에서 출발하여 대원군의 석파란(石坡蘭)으로 이어지는 난 그리는 기법, 즉 삼전지묘(三轉之妙)를 이곳에서 터득하는 등 타고난 재주 위에 노력이란 물 주기를 게을리하지 않았다.

난 그림의 삼전지묘란 난잎이 자연스럽게 세 번 휘어져 뻗어 나가는 모습을 붓으로 묘사하는 기법으로 욕심을 앞세우면 절대로 성취할 수 없다고 한다. 수묵화 속의 난이 풀잎으로 보이느냐 난 잎으로 보이느냐는 순전히 삼전지묘에 달렸다고 하니, 사군자의 오묘한 멋을 느끼지 못하는 문외한들은 짐작조차 못할 일이다.

"우란(右蘭) 삼십 년, 좌란(左蘭) 삼십 년"이란 말은 오른쪽으로 뻗은 난 그리는 데 삼십 년, 왼쪽의 난 그리는 데 삼십 년이 걸린다는 말이다. "범부는 평생을 그려도 제대로 된 난을 그릴 수 없다"는 뜻이다. 난 그림에 달통한 추사는 그래서 평생 동안 열 개의 벼루를 밑창 냈고, 일천 자루의 붓을 몽당붓으로 만들었다. 하루도 붓을 쥐지 않은 날이 없었다고 하니 노력 없이 좋은 결과를 기대하는 이들에겐 경종이 될 만한 이야기다.

시인 김지하가 더러 난을 치는 것도 모두 차강의 영향이다. 김지하의 스승이 '원주의 도사'로 불리던 장일순(1928~1994)이며 그의 할아버지는 원주가 알아주는 부자인 장경호다. 서화를 좋아한 장경호는 봄가을로 선교장에 머물고 있는 차강을 초청하여 그림을 그리게 했고, 이때 손자인 장일순이 차강에게 난 치는 법을 배웠던 것이다. 추사란, 석파란, 차강란으로 이어진 삼전지묘는 지금 차강의 손자인 화강(化江) 박영기(朴永麒)에게로 맥이 이어져 있다.

곰곰 생각해 보면 문학의 향기 한 타래가 시골의 한 선비에게 감동으로 이어져 이렇게 유장하게 흐르는 강물처럼 흘러가고 있으니 참으로 묘하고 묘하다.

날아가 버린 새의 그림자

세속의 시답잖은 '벼슬'을 탐내는 친구들이 더러 있다. 그들은 어려운 이웃돕기에는 아주 인색하면서 단체나 모임의 좌장 자리를 차지하기 위해선 돈을 아끼지 않는다. 때론 나이나 격에 어울리지 않는 턱도 아닌 모임을 만들어 회장 자리에 올라 앉아 빈축을 사기도 한다.

그런 사람들이 거액의 찬조금을 내고 근사한 단체의 수장이 되어도 부러워하거나 우러러보는 이는 아무도 없다. 그것이 자신에겐 만족을 줄지 몰라도 남들이 손가락질하는 두고두고 부끄러운 일이다. 이 글을 읽으면서 '이 친구가 혹시 내 이야기를 하는 건 아닌가' 하는 의구심이 드는 이들은 모두가 실속 없이 허무한 일들을 저질렀던 사람들이다.

사람의 이름은 호랑이 껍질보다 값지다. 이름은 살아 있을 땐 개체의 존재를 알리고 확인시키는 부호와 같은 것이지만 죽어서는 공적에 따라 청사에 길이 빛나는 등불로 변신하기 때문에 더욱 귀하고

172

중요하다. 그래서 이름은 삶의 값에 따라 존재(存在)일 수도 있고, 부재(不在)일 수도 있다. 이름 중에 악명(惡名), 허명(虛名)은 부재에 속하는 형편없는 것들이지만, 불우하고 외로운 이들을 보살피는 익명(匿名)의 손길과 무명(無名)용사의 비에 감춰져 있는 이름들은 존재 이상으로 빛나는 눈부신 보석들이다.

대장부의 이름은 마치 푸른 하늘의 밝은 태양과 같아서 사관이 책에 기록하고 천하 사람들의 마음에 새겨져야 하는 법이다. 그런데 구구하게 숲 속 잡초 더미 사이의 바위에 새겨 영원히 썩지 않기를 바라니, 이는 까마득히 날아가 버린 새의 그림자만도 못한 것이다. 세상 사람들이 뒷날 그게 무슨 새인 줄 어떻게 알 수 있겠는가.

지리산 자락에서 평생 처사로 살면서 조정의 횡포에 날카로운 상소 올리기를 서슴지 않았던 남명 조식(1501~1572)이 쉰여덟에 지리산 청학동으로 올라가다 바위에 새겨져 있는 졸부들의 이름을 보고 크게 한탄한 글이다.

바위에 음각으로 깊게 새긴 이름이 설사 천년을 간다 해도 천년 뒤의 사람들은 그가 어느 시대 누구의 지아비인지 알 까닭이 없다. 역사와 예술 그리고 서책 속의 우뚝한 이름으로 기록되지 않으면 세월은 흘러간 이름을 알아주지 않는다. 그래서 이름은 바위나 빗돌에 새겨 스스로 손뼉 치며 좋아할 일이 아니라 후예들의 가슴속에 지워지지 않을 기억으로 새길 일이다. 그렇지 않으면 창공으로 날아가 버린 이름 모를 새의 그림자보다 못한 것이 되고 만다.

대구에서 가까운 어느 읍에 사는 고리대금업자는 하찮은 자신의 공적을 큰 비석에 새겨 대로변 자신의 논에 세워 두었다. 평소 그의 행적을 아니꼽게 생각하고 있던 어느 누가 밤새 분뇨 한 통을 빗돌 머리에 뒤집어씌웠다. 그 후 비석 주인은 아무도 접근하지 못하도록 비석 둘레에 철조망을 쳐 버렸다. 그 빗돌은 지금도 그 자리에 있지만 아무도 공적의 글귀를 읽는 사람은 없다.

조선조 명종 때 박수량은 임금으로부터 아무 글귀가 적혀 있지 않은 백비(白碑) 하나를 받았다. 그는 호조판서를 끝으로 삼십팔 년간 공직에 있었으나 초가 한 채가 재산의 전부였다. 임금은 그의 청백 정신을 도저히 글로 표현할 수 없어 백비를 하사한 것이다. 명종은 멋을 제대로 아는 정말 멋쟁이다. 가장 뛰어난 명문의 연애편지가 '밤새도록 쓰다가 지워 버린 후의 빈 종이'라는 말이 명종 임금의 백비와 궤를 같이 하는 걸까.

명예는 구해진다고 구해지는 물건이 아니다. 그런데도 사람들은 재물과 권력과 이름을 탐한다. 이름을 탐하는 것의 폐해는 재물이나 권력을 탐하는 것보다 오히려 심각하다고 한다. 한때의 명성이 오래갈 것 같아도 역사의 정답은 수정에 수정을 거듭하기 때문에 때론 백년의 악명으로, 천년의 오명으로 자칫 변하게 된다. 간신열전을 보면 간신으로 기록되어 있는 모든 이들이 한 임금 밑에서 잠깐씩 충신이었다는 사실은 대단히 중요하다. 그들은 후대에까지 길이 남겨야 할 이름을 지키는 데 서툴렀고 또 실패한 사람들이다.

천석 크기 종을 보시게
크게 치지 않으면 소리를 내지 않네.
어찌하면 저 두륜산과 같이
하늘이 울려도 울지 않을 수 있을까.
— 남명 조식의 시

남명이 평생을 통해 이름을 더럽히지 않고 꼿꼿한 선비로 살아갈
수 있었던 것은 그가 마음의 지주로 받들고 있었던 지리산의 공덕이
크다. 산은, 특히 지리산은 하늘에서 벼락천둥이 쳐도 꿈쩍하지 않
는다. 눈이 오나 비가 오나 하늘이 하는 대로 다 받아 준 후 폭포수
의 물줄기로 쏟아낼 뿐 묵묵부답으로 말하지 않는 것이 산이다. 남
명은 그런 지리산을 정신의 표상으로 삼고 있었기 때문에 세상의 온
갖 비난이나 이름을 팔라는 자잘한 유혹에도 결코 흔들리지 않았다.

지리산은 정말 위대한 스승이다. 그러고 보니 스승님 뵙고 가르침
을 받은 지가 꽤 오래되었네. 이 가을이 더 깊어 가기 전에 '날아가
버린 새의 그림자' 같은 화두 하나 들고 지리산에 들어 한 사나흘 엎
드려 있어야겠다.

박주산챌망정 없다 말고

우리 시조 중에 이렇게 맛이 담백한 것이 또 있을까. 방금 헤어진 연인처럼 생각만으로도 가슴 한구석이 짠하고 읽고 나서 돌아서면 그 정경이 눈에 선한 이 맛깔스러움.

새로 나온 시집들은 너무 어려워 돈이 아까울 때가 더러 있다. 난해시도 여러 번 읽어 보면 뭔가 씹히는 게 있고 감칠맛이 난다. 그런데 요즘 신진 시인들이 쓴 시는 분명 모국어로 썼는데도 신전 벽면에 새겨진 상형문자 같아 해독하기가 무척 힘이 든다. 그리고 맛이 없는 게 큰 문제다.

집은 좁고 서가는 복잡하여 지난해에는 묵은 책들을 서너 리어카쯤 실어 내어 도서관으로 보냈다. 털어 낸 연못에 새 물이 들어오면 다시 민물고기가 일 듯 서가의 빈 칸이 다시 새 책으로 차 버렸다. "불원, 또 손을 봐야지" 하고 벼른 게 벌써 몇 달이 지나가 버렸다.

짚방석 내지 마라 낙엽엔들 못 앉으랴

솔불 혀지 마라 어제 진 달 돋아온다.
아희야, 박주산챌망정 없다 말고 내어라.
— 한석봉의 시조

추사 김정희와 더불어 조선의 명필로 꼽히는 한석봉의 이야기는 이름자만 쓸 수 있는 대한민국 국민이라면 누구나 다 알고 있을 것이다. 호롱불을 끄고 어미는 떡을 썰고 아들인 석봉은 글씨를 써 서로 겨뤘다는 얘기를 새삼 이 자리를 빌려 하자는 것은 아니다.

석봉의 아버지는 죽었는지 살았는지 그건 잘 모르겠다. 역사책에 한 줄도 기록되지 않은 걸로 보아 주태백이었거나 아니면 석봉이 어렸을 때 세상을 버린 약골이었을 거다. 그러니까 아내 되는 석봉의 어머니가 떡장사를 하며 아들 교육을 시켰겠지.

사람의 심성은 태교에서 출발하여 가정교육에서 완성된다. 석봉의 '짚방석도 내지 말고 솔불도 켜지 말고 맛있게 먹을 산나물 안주가 없으면 시큼하게 냄새나는 묵은 김치라도 내어라'는 이런 심성은 어머니에게서 온 것이다.

'떡과 글씨 겨루기'에서 패한 석봉을 선걸음에 공부하던 절로 돌려보낸 엄격한 어머니에게서 받은 뿌리 교육이 없었다면 절대로 이런 시를 쓰지 못했을 것이다. "박주산챌망정 없다 말고 내어라." 이 구절은 입 안에서 자꾸 돌려 씹으면 바로 안주가 되는 멋진 문장이다.

나의 어머니는 농사꾼이었다. 석봉의 어머니는 떡장사라도 했으니까 푼돈이라도 만졌겠지만 어머니는 농사일밖에 모르셨다. 우리 어머니도 '완강'이니 '철저'니 하는 낱말들과는 아주 친한, 한가락 하는 그런 아녀자였다. 석봉 어머니하고 한판 씨름이 붙을 경우 '밭다리 후리기'가 들어오면 '호미걸이'로 응수할 그런 여인이다.

내가 여섯 살 때, 일꾼 여럿을 불러 모내기하는 날이었다. 어머니는 나를 일꾼들을 따라가게 하여 논으로 몰아넣었다. 어머니는 "나는 다섯 줄을 심을 테니 너는 두 줄만 심어라" 하고 말씀하셨다. 새참을 먹고 난 후 도망치려는 나를 회초리로 다스리셨다. '아비 없이 크는 자식일수록 어미의 심정을 알아야 한다'는 뜻이었다.

나는 초등학교 다닐 때도 이른 아침에 일어나 어머니와 함께 뒷배미 논에 나가 초벌 논매기를 엎드려 매곤 했다. 풀숲에 자던 모기들이 '식전에 웬 맛있는 고기람' 하며 '마빡'을 물어뜯는 바람에 이마가 퉁퉁 부어 학교에 간 날이 여러 날이었다. 어머니는 그런 여자였고, 나는 그런 강인한 청상의 아들이었다.

나도 아호가 필요할 정도로 훌륭하고 유명한 사람이 되었다면 한호 선생의 호인 '석봉(石峰)'을 차용하여 어릴 적 모기가 뜯어먹은 이마에 붙이고 다녔을지도 모를 일이다. "석봉 구활 선생이라, 조타!"

이쯤 해 두고 두보의 「손님(客)」이란 시 한 편을 읽고 이 판을 거두자. 비슷한 이미지의 시는 모자 간 같기도 하여 정겹기가 이루 말할 수 없다.

우리 집 남쪽, 북쪽
다 봄물이다
갈매기 날마다 떼 지어 올 뿐
꽃잎 덮인 길
쓴 적이 없더니
그대를 맞으려 싸리문을 열었네
찬거리 사기에는
장이 너무 멀어
가난한 내 집에는 탁주가 있을 뿐
울타리 너머
옆집 늙은이도 오라고 할까?

농월정에 뜬 달

봄이 오는 모습을 보려고 함양의 화림동 계곡을 거슬러 올라 황석산 종주 산행에 나섰다. 지난 2003년 가을 이곳 '농월정이 불타 버렸다'는 소식을 듣고 차마 그 처참한 현장을 볼 수가 없어 두 해 넘게 일부러 발걸음을 하지 않았다. 아름다운 정자가 하늘로 날아가 버린 너럭바위 빈터를 본다는 자체가 슬픔이고 아픔일 것 같아 두 눈 꼭 감고 지나치려 했다.

꽃 한 조각 떨어져도
봄빛이 줄거늘
수만 꽃잎 흩날리니
슬픔 어이 견디리.
— 두보의 시

세상을 향해 쏘는 나의 화살은 번번이 과녁을 피해 가지만 맞히지 말아야 할 것들은 언제나 한복판을 꿰뚫는다. 농월정 빈터도 그냥 지나치자 생각하고 눈을 감고 한참 달렸는데, 눈 떠 보니 희한하게도 바로 그 자리다. 보지 말아야 할 것은 천연색으로 보이고 꼭 보아야 할 것들은 흐릿한 흑백사진으로도 보여 주지 않는다.

사물을 현실의 눈으로 보지 말고 마음의 눈으로 보면 보이지 않는 것도 훤하게 보인다. 그러려면 욕심을 버려야 한다. 심안(心眼)을 키우려면 마음이 맑아야 한다. 마음 거울에 때를 닦아 내야 한다. 따지고 보면 농월정 불탄 빈자리를 보지 않으려 한 것도 한갓 욕심이다. 갖고 싶어 하는 소유욕이 충족되지 않기 때문에 눈을 감고 그곳을 지나치려 한 것이다. 현실적인 것만 소유가 아니라 보고 즐기며 정신적 호사를 누리는 것도 엄청난 소유다.

다시 눈을 감는다. 농월정을 떠올린다. 달빛이 요동치며 머무는 월연암(月淵岩)을 정자 아랫부분에 카펫 깔 듯 펼쳐 본다. 팔작지붕을 머리에 인 정면 삼 칸, 측면 두 칸짜리 정자가 대보름 널뛰듯 튼실한 주춧돌을 딛고 금방 하늘로 날아오를 듯하다.

저 물빛 좀 보아, 아니 저 물소리 좀 들어 보아. 남덕유에서 발원한 금천이 서상 서하를 흘러 육십 리를 달려온 끝에 빚어낸 맑은 물소리. 그 속에 감춰져 있는 비수가 번득이는 듯한 비취색 물빛 좀 보아. 누가 눈을 떠야 보인다고 했는가. 이렇게 두 귀를 감고도 생생히 들리는 것을.

꽃씨 속에는 파아란 잎이 하늘거린다
꽃씨 속에는 빠알가니 꽃도 피어 있고

꽃씨 속에는 노오란 나비 떼도 숨어 있다.

— 최계락의 시 「꽃씨」

시인의 밝은 눈에는 이렇게 꽃씨 속에 꽁꽁 숨어 있는 꽃과 잎과 나비 떼가 보인다. 마음에 끼어 있는 백내장을 걷어 내면 불타 버린 농월정 흔적 터에 다시 정자가 세워지고, 옛날 이곳에서 구름에 가려 보일락 말락 하는 달을 희롱하며 푸른 물소리를 즐겼던 백발성성한 선비도 만날 수 있다.

농월정은 이곳 안의 출신 지족당(知足堂) 박명부가 예순일곱 때인 1637년 9월에 지은 아름다운 정자다. 천여 평 너럭바위를 무대처럼 깔고 앉은 농월정이 이곳에 자리 잡지 않았다면 빈 풍경이 심심하여 큰일 날 뻔한 그런 곳에 지어졌다. 그러니까 만년에 자신의 몸을 자연에 의탁하고 안분지족(安分知足)을 생활신조로 삼았던 한 선비의 심미안이 빚어낸 보석 같은 결실이랄 수 있다.

지족당은 임진왜란 때는 의병을 모아 진주로 달려갔고 전쟁이 끝난 후엔 벼슬살이를 하면서 곤궁에 처한 백성들을 구원하는 일에 앞장섰다. 예순하나 때 진주목사로 임명되었으나 조상의 묘소가 있는 곳이라는 이유로 부임하지 않았다. 그는 항상 공직자로서 본분을 지키고자 자신의 집에 '지족당'이란 당호를 걸어 두고 출입 시마다 그 앞에서 옷깃을 여미었다.

지족당은 나아갈 때와 물러날 때를 분명히 했다. 요즘 우리나라 정치인들처럼 자리에 연연하여 권력에 빌붙는 짓은 저지르지 않았

다. 농월정을 짓기 두 달 전 조정에서 호조참판으로 불렀으나 나아
가지 않았다. 그 후에도 예조참판으로 부르는 등 여러 번 손짓을 했
으나 그의 아호인 '안분지족'을 내세워 사양했다. 그는 농월정 주변
을 거니는 것으로 아름다운 이 세상 소풍을 끝내고 두 해 뒤인 예순
아홉 나이로 이승에서 저승으로 이어진 징검다리를 풀쩍풀쩍 뛰어
건너갔다. 달을 희롱하기에는 너무나 짧은 세월이었다.

> 한잔하고 부르는 노래 한 곡조
> 듣는 사람 아무도 없네
> 나는 꽃이나 달에 취하고 싶지도 않고
> 나는 공훈을 세우고 싶지도 않아
> 공훈을 세운다니 이것은 뜬구름
> 꽃과 달에 취하는 것 또한 뜬구름
> 한잔하고 부르는 노래 한 곡조
> 이 노래 아는 사람 아무도 없네.
> ― 김덕령의 「취시가」

후세 사람들이 지족당을 기리기 위해 정자 옆 바위에 '지족당장구
지소(知足堂伏録之所)'란 글귀를 깊은 음각으로 새겨 두고 있다. '지
족당 박명부가 지팡이를 끌며 거닐던 곳'이란 뜻이다. 그가 희롱하던
달은 오늘도 불타 버린 농월정 빈터 너럭바위를 처연하게 비추고 있
다.

5.

강변 풍경 白雲

치마에 관한 명상

움(womb)과 툼(tomb)은 묘한 상관관계가 있다. 영문자 스펠은 한 자씩만 틀린다. 그러나 뜻은 자궁과 무덤으로 시작과 끝을 암시하고 있다. 움과 툼이란 글자를 자세히 들여다보면 알파벳도 한자와 같은 표의문자가 아닌가 하는 부질없는 생각이 든다.

움의 첫 스펠인 w는 가랑이 사이에 있는 자궁의 위치를 설명하는 것 같고 툼의 t는 무덤 앞에 세우는 십자가의 형상을 쏙 빼닮았다. 움 과 툼이란 단어를 처음 만든 민족이나 사람은 참으로 많은 고심 끝 에 그렇게 만들었으리라.

말레이시아의 옛 무덤들은 하나같이 자궁의 형상을 하고 있다. 그 것은 아마 움과 툼의 역설적 관계, 즉 '종말은 시작'이란 걸 설명하기 위해 그렇게 만든 것은 혹시 아닐까. 움과 툼에 관한 단상은 어느 학 자의 논문이나 학설을 표절하거나 도용한 것이 아닌 순수한 나의 생 각이다.

어느 화가가 그린 치마 그림을 보다가 바람난 내 못된 의식이 치마 속에 감춰져 있는 자궁을 연상하고 그 연이은 무의식적 의식의 흐름이 움과 툼으로 이어졌나 보다. 하기야 자궁을 가릴 유일한 수단이 치마라는 이름의 장막밖에 없으니 흘러가는 강물과 구름을 탓할 수 없듯 멋대로 흘러가는 내 의식 또한 크게 나무랄 일은 아니다.

인류의 역사는 치마의 역사다. 에덴동산의 이브가 뱀의 꼬임에 빠져 선악과를 따먹기 전에는 치부가 부끄러운 줄 몰랐다. 아담도 이브도 모두 벗고 살았다. 그러나 '선악과 따먹기'라는 진실게임 때문에 나뭇잎 치마를 입어야 했고 그 업보는 자손들에게 이어졌다.

연정의 출발은 치마에서 출발한다. "연분홍 치마가 봄바람에 휘날리더라"는 노래 가사나 그네 타는 춘향이의 치맛자락 끝에 이는 바람도 모두 그게 그거다. 치마는 자궁을 은유하고 상징한다. '저 사네는 드럼통에 치마만 둘러도…'라는 시쳇말이 이 대목을 설명하고도 남는다.

치마는 화선지를 대신한다. 오원 장승업은 대놓고 마시던 기생집에 술값을 치러야 할 날이 오면 붓과 화선지를 가져오게 하여 술값 대신 그림을 그려 주었다. 어떤 때는 기생의 속치마에 난도 그리고 대도 쳐 주었다. 치마 그림은 단순한 술값이 아니라 기생의 치마 속 은밀한 곳을 드나든 통행세쯤으로 생각하면 비약일까.

퇴계는 마흔여덟 살 때인 단양 군수 시절, 열여덟 살인 관기 두향을 만나 사랑하고 죽을 때까지 그리워하는 정을 지녔다. 그는 아홉 달의 짧은 임기를 마치고 떠나기 전날 밤 두향의 치마폭에 이런 시를 써 주었다. "죽어 이별은 소리조차 나오지 않고 살아 이별은 슬프기 그지없네(死別己吞聲 生別己測測)." 그런데 왜 하필 치마였을까.

조선조 선조 때 의병대장으로 두 아들과 함께 장렬히 전사한 고경명도 젊은 시절 황해도에 놀러 갔다가 그곳의 기생과 사랑에 빠진 적이 있다. 기생은 갓 부임한 관찰사의 눈에 들어 사랑하는 청년과 헤어져야 했다. 청년은 사랑하는 여인을 떠나보내면서 속치마에 시 한 수를 써 주었다. 기생은 청년과의 아름다웠던 추억의 밤을 잊지 못해 그 속치마를 입고 술 시중을 들었다. 마침 치마폭이 바람에 날려 이별의 사연이 드러나고 말았다. 기생의 사랑 이야기를 듣고 난 사또는 치마를 어루만지면서 이렇게 말했다. "뛰어난 풍류객이로다."

치마 그림은 옛부터 남녀 간의 애절한 정을 표현하는 데 많이 사용되어 왔다. 그리고 부녀 간의 정을 치마 그림으로 표현한 예도 더러 있다. 강진에서 귀양살이하던 다산은 부인 홍씨가 보내온 빛바랜 치마를 가위로 오려 시집간 딸을 위해 매화 가지에 앉아 있는 새 한 마리를 그렸다. 고려대박물관에 소장되어 있는 〈매조도〉에는 이런 시가 씌여 있다.

　새들이 우리 집 마당 매화 가지에 날아들었네
　그 진한 향기를 따라 찾아 왔겠지
　여기 깃들고 머물러 즐거운 가정을 꾸려다오
　꽃이 이렇게 좋으니 그 열매도 가득하겠지.

조선조 숙종 때 선비화가였던 홍수주는 자신의 환갑잔치 때 어린 딸이 옆집에서 빌려 온 비단옷을 입고 절을 하다 간장 종지가 엎질러져 치마를 버려 놓았다. 청백리로 소문난 선비는 갚을 길이 없자 얼룩방울 위에 포도 그림을 그렸다. 마침 중국에 사신으로 가는 역관에게 그 치마 그림을 들려 보내 팔게 했다. 역관은 그림을 팔아 받은 돈 오백 냥으로 비단 치마 열 벌을 사 왔다.

그런데, 그런데 말이다. 이 세상에 흔해 빠진 게 치만데 나의 어머니는 치마 한 폭도 걸치지 못하시고 하늘나라로 올라가셨다. 몇 십 년 전에 미리 저승에 가 계시던 아버지는 치마도 입지 않고 도착한 어머니를 보고 '무엇이 그리 바빠서…' 하고 어리둥절하셨겠지만 나는 안타깝고 괴롭다.

어머니는 치매 끝에 돌아가셨다. 우리 집 맏아들의 혼인예식 때 속치마 위에 두루마기만 걸치고 식장에 나오신 이래 치마 입기를 포기하셨다. 운명하신 후 명주 수의는 꽁꽁 입혀서 보내 드리긴 했지만 저승 가는 길목에 홀라당 치마를 벗어 던지고 아무래도 그냥 올라가셨을 것 같다. 하늘나라까지 퀵 서비스로 달려가는 오토바이가 있다면 치마를 보내 드릴 텐데…. 오! 어머니.

주막에서의 이별

이별은 지속되던 관계가 원상대로 회복되지 않을 때 발생하는 아찔한 현상이다. 남녀 간의 헤어짐은 특히 그러하다. 이별은 이쪽과 저쪽이란 대칭 사이에서 유지되던 균형이 깨어지면서 생기는 사건으로 그 파장은 실로 엄청나다.

'너와 나'의 공생 관계로 설명될 수 있는 인간사회는 어쩌면 천평칭 저울 기울기의 값이 평행일 땐 그런대로 유지되지만 한쪽이 너무 기울 땐 심심찮게 파탄을 불러와 난감한 처지에 이르게 된다. 한번 깨어진 관계는 복원이 어렵고 이별이 재회로 연결되기란 영화에서 보는 것처럼 그리 쉽지 않다. 그래서 이별은 분명 서러운 것이며 사랑하는 이를 떠나보낸다는 것은 진정 가슴 아린 일이다.

비 개인 긴 둑에 풀빛 고운데
남포에서 님 보내며 슬픈 노래 부르네
대동강 물이야 언제 마르리
해마다 이별 눈물 푸른 물을 보태나니.

고려 중기의 시인이자 정치가인 정지상의 「송인(送人)」이란 시다. 별리를 주제로 한 한시의 최고 걸작이다. 당나라 시인 왕유(王維)의 시 「송원이사지안서(宋元二使之安西)」와 함께 이별시의 압권이란 칭송을 받는 작품이다.

"사랑하는 임을 배 띄워 보내니 비 개인 후 겨울을 이겨 낸 강둑의 풀들이 싱그럽게 푸른 줄도 모르겠네. 대동강 물도 비가 오지 않으면 마를 날도 있겠지만 강가에서 임을 보낸 이들의 남몰래 흐르는 눈물이 강물에 보태질 터이니 어찌 강물이 마르려고."

시 중에는 손끝으로 깔짝깔짝 쓴 시가 있고 정말 상심한 마음이 하늘을 향해 울부짖는 가슴으로 쓴 시가 있다. 손끝에서 나온 스타일리스트의 시는 오래가지 못하고 무딘 호미날같이 뭉뚝한 글씨로 쓴 마음의 시편들은 읽는 사람들의 마음속에 메아리쳐 오랜 세월 동안 인구에 회자되곤 한다.

「송인」이란 시도 가슴으로 쓴 가구절창이다. 정지상이 정들었던 홍분(紅粉)이란 기생을 떠나보내며 지었다는 이 시는 읽을수록 가슴이 메어지는 아름다운 연시다. 긴 겨울이 끝나고 봄풀 파릇한 약동의 계절에 사랑을 꽃피우고 싶은데 사랑하는 사람은 뱃전에 포말 튀기며 떠나고 말았으니 이 처참한 심정을 무엇으로 달랠 수 있으랴.

시인 김동환은 「강이 풀리면」이란 시에서 "강이 풀리면 배가 오겠지 / 배가 오면은 임도 탔겠지 / 임은 안 타도 편지야 탔겠지 / 오늘도 강가서 기다리다 가노라" 하고 읊은 적이 있다. 후대의 시인이 앞서 간 시인의 아픈 마음을 대변하는 듯하다.

대동강변의 연광정(練光亭)에는 고금의 시인들이 쓴 제영시(題詠詩)들이 무수하게 걸려 있었다. 그런데 중국에서 사신이 올 때는 다른 액자들을 모두 떼어 내고 정지상의 「송인」만 걸어 두었다고 한다. 사신들은 '백발삼천장'이란 중국 특유의 허풍보다 조금도 밑질 것 없는 '대동강 물이야 언제 마르리, 해마다 이별 눈물 푸른 물에 보태나니(大同江水何時盡 別淚年年添綠波)'란 절구를 읽다 보면 신운(神韻)이란 찬탄을 금치 못했다고 한다.

강 언덕에 서 있는 수양버들이 삼단 같은 머릿단을 드리우고 있는 까닭과 강나루마다 술 파는 주막이 왜 그리 많은지를 조금은 알겠다. 모두가 이별의 아픔을 달래기 위해 주막은 주막대로 버드나무는 버드나무대로 그렇게 서 있는 것이다.

위성(渭城) 아침 비가 가벼운 먼지 적시니
객사엔 파릇파릇 버들 빛이 새롭고야
그대에게 다시금 한 잔 술 권하노라
양관(陽關)을 나서면 아는 이 없을지니.

중국 사람들이 이별시 중에 첫 손가락에 꼽는, 앞서 말한 왕유의 시다. 정지상의 「송인」은 사랑하는 연인을 떠나보내며 읊은 것이지만 왕유의 시는 안서(安西)에 사신으로 가는 친구 원이(元二)를 배웅하며 지은 시다. 여자와 남자의 차이지만 애틋한 정은 마찬가지다.

헤어지는 장소인 위성은 장안의 서쪽으로 실크로드로 들어가는 입구에 있다. 당나라 때 장안의 동쪽에는 화교가, 서쪽에는 위교가 있어 각각 떠나가는 방향에 따라 전별의 자리가 달랐다. 화교 옆 주막집에 자리를 잡은 두 사람은 "빨리 가자"는 말울음 소리를 귓가로 흘리며 잔을 주고받는다. "이곳 양관을 벗어나면 아는 이가 없을 텐데 어느 누가 술 한 잔 권하겠는가. 마지막으로 딱 한 잔만 더 들고 가게."

　이곳에 도착하기 전부터 마신 술로 주기가 올라 있었지만 이별을 예고하는 객사 주변에 파릇한 버들잎을 보니 한두 잔 더 마시지 않고는 견디지 못한다. "한 잔만 더 마시게." 그러고 보니 낮은 곳의 버들가지는 앞서 이별한 이들이 다 꺾어 버려 꺾을 가지조차 없네그려. "잘 가게, 친구야."

쌀뜨물 연못에서 달구경

무릇 풍류를 즐기는 선비나 예술가들은 분명 남다른 데가 있다. 그들은 다른 사람의 시선을 의식하지 않는다. 여항인의 눈에는 제멋대로 행동하는 것처럼 보인다. 그렇지만 '제멋대로' 속에도 지켜야 할 도리가 있다. 규범의 틀을 벗어나면 자칫 풍류가 광기로 변할 수도 있다. 풍류는 때로는 미친 짓 같지만 절대로 미친 짓은 아니다. 차원 높은 수작일 뿐이다.

지금은 중견 화가의 반열에 올라선 L씨가 이십여 년 전에 대구 도심의 개울가 이층집에 아틀리에를 꾸몄다. 그곳에서 먹고 자면서 그림을 그렸다. 말이 개울이지 도시의 폐수가 흘러가는 시궁창이었다. 어느 보름밤 개울물에 뜬 달을 보고 개안(開眼)과 다름없는 강한 느낌이 가슴에 와 닿았다. 개울의 물 흐름 폭을 좀더 넓히고 돌 몇 개를 주워 작은 여울과 폭포를 만들면 물이 흘러가는 소리까지 들을 수 있을 것 같았다.

주인집에서 연탄갈이 부삽을 빌려와 달이 편안하게 머물 수 있도록 밤중에 물막이 공사를 한 것이다. 그러고는 이튿날 밤 동료 둘을 초청하여 냄새가 아름답지 못한 개여울에 나가 조촐한 소주 파티를 벌였다. 이날 참석한 J. L씨 등 화가들은 즉석에서 이곳을 센 강이라 명명하고 달이 뜨는 보름밤마다 모이기로 했다. 이른바 '센 시사(詩社)'가 결성된 셈이다.

시궁창 연못에 달을 띄운 이 이벤트를 세인들은 어떻게 해석할까. '환쟁이들의 야밤 수작'쯤으로 여겼을 수도 있다. 그러나 눈으로 들어오는 아름다운 빛을 화폭에 담는 일을 직업으로 삼고 있는 화가에게는 그 작업이 하나의 퍼포먼스일 수도 있고, 치열한 작가정신이 빚은 순진무구한 행위예술일 수도 있다.

조선조 정조 때 사람 임희지(1765-?)는 중인 신분의 역관이었다. 직업인 중국어 통역도 물론 잘했지만 그보다는 난(蘭)과 대(竹)를 잘 쳤다. 그리고 생황을 부는 솜씨는 가히 명인의 경지에 올라 있었다. 수월(水月)이란 호를 가진 그는 팔척장신에 구레나룻을 길러 신선이 지상에 내려온 것 같았다. 기질이 호방한 데다 술을 좋아하여 밥은 제쳐 두고 몇 며칠 술로 밤을 새우기도 했다. 그는 카리스마를 갖춘 기인이자 예술가였다.

그는 가난했다. 돈을 들이는 호사는 누리지 못했다. 그렇다고 가만있을 위인은 아니었다. 아름다움을 추구하는 예인으로서 예술적 심미안은 매우 격조가 높았고 고상했다. 살던 집은 손바닥만 했다. 정원수 한 그루 들여놓을 공간이 없었다. 그래도 그는 마당 한구석에 땅을 파고 작은 연못을 만들었다. 샘물이 솟을 리 없었다. 쌀 씻은 뜨물을 부어 물을 채웠다. 달 밝은 밤이면 마당에 나와 앉아 노래를 부르다 생황을 불었다. 원래 물빛이 탁한 호수에는 달이 잘 빠지지 않는 법이지만 개의치 않았다. 피리소리마저 달빛과 함께 연못에 녹아들어 더욱 구성지게 들렸다.

"내가 달과 물(水月)의 뜻을 저버리지 않았는데 달이 어찌 물을 가려 비추겠는가." 임희지는 '격식을 갖춘 양반집 연못에 달이 뜨면 쌀뜨물 연못에도 달은 뜨기 마련이라'며 가난을 뛰어넘는 호기로움을 보이곤 했다. 이런 자신감이 풍류를 불러오고 풍류는 결국 삶에 온기를 더해 준다.

임희지는 어려운 환경 속에 살았지만 예쁜 첩을 두고 있었다. 그에게 애첩은 쌀뜨물 연못이나 별반 다를 게 없었다. 꽃을 심을 정원이 없었으니 첩으로 하여금 한 송이 꽃을 대신하게 했다. 꽃이 곧 애첩이요, 애첩이 바로 꽃이었다.

그는 검소했지만 약간의 사치도 부릴 줄 알았다. 집이래야 서까래 몇 개 걸쳐 놓은 누옥이었지만 옥으로 만든 붓걸이는 여염집 두 채를 사고도 남을 칠천 냥짜리를 지니고 있었다. 그리고 거문고와 벼루는 웬만한 사대부들도 몹시 탐내는 명품이었다니 예인의 빼어난 안목과 기백을 충분히 엿볼 수 있다. 요즘 사글세에 살면서 명품 옷과 가방을 분에 넘치게 걸치고 다니는 여인들과는 아예 차원이 다르다. 임희지의 붓걸이는 선비의 혼이 담겨 있는 혼곽이었을 뿐 겉멋을 치장하는 도구는 아니었다. 그가 만일 일신의 호사를 위하여 돈이 필요했다면 표암 강세황보다 더 잘 그렸다는 난 그림을 사대부들에게 팔아 자신이 갖고 싶었던 것을 가질 수 있었을 것이다. 그러나 그는 자신의 재능으로 그린 문인화를 쉽게 돈으로 바꾸지 않았으며 천만금을 준다 해도 자존심이 상하는 짓은 하지 않았다.

그는 풍채도 그럴 만했지만 도량 또한 넓었다. 어느 하루는 배를 타고 경기 강화의 섬으로 가는 중에 심한 비바람을 만나 배가 뒤집힐 것 같았다. 배에 탄 사람들이 부처님을 불러 대면서 아우성을 쳤지만 임희지는 자리에서 벌떡 일어나 덩실덩실 춤을 추기 시작했다. 바람이 멎자 사람들은 춤춘 이유를 궁금해 했다.

그는 "죽음은 언제 만나도 만나는 것, 배를 타고 비바람이 몰아치는 이런 풍경은 다시 만나기 어렵지요. 어찌 춤추지 않겠습니까"라고 대답했다고 한다. 대인의 풍모가 여실히 드러나는 대목이다.

미치지 않으면 미칠 수 없다(不狂不及). 한 시대를 살다 간 풍류객들은 모두 느낌(feel)에 충실한 감각적 심미안을 가진 미치광이들이다. 그들은 문학이면 문학, 그림이면 그림, 무엇이든 순간을 붙잡아 영원 속으로 내던진 사람들이다. "예술은 길고 인생은 짧다"라는 말을 만든 사람이 바로 그들이다. 나도 쌀뜨물 연못 하나를 파 달구경을 하고 싶다. 그건 아파트에 살고 있는 내가 하늘 나는 돌 위에 절하나 짓는 것만치 어려운 일이긴 하지만 꼭 그렇게 하고 싶다. 쌀뜨물 연못에서 달구경이라, 지국총 지국총 어사와, 참 좋다.

술 낚시로 벼슬을 낚고

『열하일기』를 쓴 연암 박지원의 삶은 궁핍했지만 정신은 고고했다. 자질과 학문은 능히 벼슬을 하여 고관대작에 오를 수 있었지만 느낀 바가 있어 스스로 과거에의 뜻을 접은 사람이다. 생활이 번번이 그를 속였지만 노하거나 슬퍼하지 않았으며 임금과 벼슬아치들에게 빌붙지 않았다. 벼슬을 하지 않았으니 봉록이 없었고 타고난 유산마저 변변치 않아 마시고 싶을 때 술을 제대로 마실 수 없는 것이 가장 큰 고통이었다. 그의 술에 관한 일화 한 토막을 살펴보자.

연암의 아내는 손님이 와야 소반에 막걸리 두 잔에 김치 한 주발을 겨우 내놓았다. 천날 만날 술이 고팠던 연암은 길가다 만난 낯선 사람도 손님으로 가장시켜 아내에게 술을 내오도록 하였다. 그러니까 손님은 술을 마시기 위한 미끼였던 것이다.

하루는 연암의 집 앞으로 사인교가 지나가고 있었다. "누추하지만 잠시 쉬었다 가시지요." 연암은 거절할 수 없는 몸짓으로 벼슬아치의 사인교를 자신의 집으로 몰아넣었다. "나는 지금 조정에 드는 길인데." "임금을 모시면 이렇게 도도한가요. 잠시 담배 한 대 피우시고 가시라는데…." 승지는 마지못해 연암을 따라 방으로 들어왔다.

"손님이 오셨으니 술상을 내와요." 연암의 아내가 탁주 두 잔과 김치 안주를 내왔다. 연암은 손님에게 권할 것도 없이 자신의 잔을 단숨에 들이켠 후 손님의 잔까지 홀짝 마셔 버렸다. 승지는 기가 차서 바라보기만 했다. "영감, 영감이 오늘 내 술 낚시에 걸려들었소. 하하…." "당신은 도대체 뉘시오. 그리고 술 낚시라니 무슨 뜻이오."

연암은 술 낚시의 내력을 밝혔지만 자신이 누구라는 말은 하지 않았다. 조정 회의를 마친 승지는 아까 오던 길에서 있었던 술 낚시 이야기를 임금에게 아뢨다. 이야기를 듣고 있던 정조는 이렇게 말했다. "그 사람은 박지원이란 사람일 게다. 자기 재주만 믿고 방약무인이 지나쳐 여태 벼슬을 주지 않았는데 탁주 한 잔 마시기가 어렵다니 딱하군." 그 일이 있고 난 뒤 정조는 연암에게 초시를 보게 하여 일 년 안에 안의 현감으로 발탁했다고 한다. 연암은 술 낚시를 제대로 던진 게 벼슬을 낚은 셈이 됐다.

연암은 명문 집안에서 태어났다. 병약한 아버지가 일찍 죽자 할아버지 밑에서 자랐다. 아버지의 장지 문제로 한 관리가 파직 당하는 것을 보고 자책감을 느껴 아예 과거를 보지 않았다. 할아버지가 돌아가시고 생활은 더 어려워져 스물셋에 과거를 보았으나 낙방했다.

연암은 지금 파고다공원 옆 백탑 근처에 살면서 오로지 학문에만 힘을 쏟았다. 그는 이덕무, 박제가, 유덕공, 이서구, 서상수, 유금 등과 어울려 연암그룹인 '북학파 실학'이란 새로운 학풍을 일으켰다. 그러나 벼슬에 오르지 않았으니 생활은 매양 쪼들렸다.

설상가상으로 당시의 세도가 홍국영에게 몰려 신변의 위협을 느끼고 황해도 금천 연암협(嚥巖峽)으로 피신하여 그곳에서 농사와 목축에 관한 연구를 했다. 그로부터 십이 년 뒤 영조의 부마인 팔촌 형 박명원이 청나라 고종의 고희 진하사절로 북경에 가게 되자 연암은 마흔넷의 나이로 말단 군졸이 되어 따라 나서게 된다. 이때 중국을 여행한 기록을 훗날 정리한 것이 유명한 『열하일기』인 것이다.

연암은 만년에 벼슬살이를 한 팔 년을 제외하곤 잘 먹고 잘살지는 못했다. 그러나 누구의 눈치도 보지 않고 벼슬에 연연하지 않은 그의 삶은 역사 속에서 보석처럼 영롱하다. 젊은 시절, 학문에 매달리던 사이사이에 친구 집에 빈 병을 보내 술을 구걸하던 눈물 나는 이야기를 읽어 보자.

진채 땅에 곤액이 심하니, 도를 행하느라 그런 것은 아닐세. 무릎을 굽히지 않은 지 오래되고 보니 어떤 좋은 벼슬도 나만은 못할 것일세. 내 급히 절하네. 많으면 많을수록 좋으이. 여기 또 호리병을 보내니 가득 담아 보내줌이 어떠하실까.

박제가에게 보낸 짧은 글이다. 옛날 공자가 진채 땅에서 칠 일 동안 밥을 굶은 것처럼 자신도 여러 날 굶고 있음을 알린다. 그러면서도 벼슬하겠다고 무릎을 굽히지 않았음을 다행으로 여기고 있다. 돈은 좀 많이 꿔 주고 빈 병에 술도 가득 담아 달라는 뜻이다.

열흘 장맛비에 밥 싸 들고 찾아가는 벗이 못 됨을 부끄러워합니다. 공방(孔方) 2백을 편지 전하는 하인 편에 보냅니다. 호리병 속의 일은 없습니다. 세상에 양주(楊州)의 학은 없는 법이지요.

박제가의 답이다. 엽전 이백 냥을 보냅니다. 찾아가 뵙지 못해 죄송합니다. 술은 없어서 보내지 않는 것이 아니라 빈속에 술을 마시면 이로울 게 없어서 보내지 않습니다. 세상에는 꿩 먹고 알 먹고 좋은 것을 한꺼번에 다 하면 안 되겠기에 술은 못 보냅니다. 그리 아소서.

두 사람 모두 뛰어난 풍류객이다. 오늘밤 꿈엔 두 분을 초대하여 호리병 가득 막걸리를 담고 참나무 숯불 석쇠에 도루묵 몇 마리를 구워 양주의 학을 타고 창공을 날고 싶다. 그런데 옛 선비들이 나를 만난 적이 없고 내가 옛 사람을 보지 못했으니(我不見古人) 만나도 서로 알아보기나 할까. 정말 딱하네.

시대와의 불화

사람의 운명은 사주에 매여 있는가, 상에 붙어 있는가. 그러면 성명과 운명은 아무 관계가 없는가. 옛말에 "사주불여상, 상불여심(四柱不如相, 相不如心)"이란 말이 있고 "천시불여지리, 지리불여인화(天時不如地利, 地利不如人和)"라는 말도 있다. 다시 풀어 보면 "사주보다는 얼굴이, 얼굴보다는 마음이 중요하며, 천시가 아무리 좋아도 지리보다 못하고 땅이 아무리 이점이 있다 하더라도 사람들이 화목한 것보다는 못하다"라는 말이다.

매월당(梅月堂) 김시습(金時習)의 호와 이름, 그리고 설잠(雪岑)이란 법명을 살펴보면 운명이란 마음자리에 붙어 있을 가능성이 높긴 하지만 성명·아호·법명도 무시하지는 못하겠다는 생각을 하게 된다. 호인 매월은 매화 나뭇가지에 걸린 달로 전형적 서정성을 띠고 있으나 이름인 시습은 '배우면 익힌다'는 현실성이 두드러진 것이다. 그의 법명은 '눈 덮인 산비알'이란 뜻으로 생애 동안 겪게 될 고초와 심상치 않은 운명을 예고하고 있는 것 같다.

시습은 신동이었다. 생후 팔 개월에 글 뜻을 알았고 세 살 때 맷돌 가는 것을 보고 "비는 아니 오는데 천둥소리 어디서 나는가, 구름조각 사방으로 흩어지네(無雨雷聲何處動 黃雲片片四方分)"라는 시를 지었다.

다섯 살 때 영의정 허조가 소식을 듣고 찾아와 "늙을 노(老)자를 넣어 시를 지어 보라"라고 했다. "고목에도 꽃이 피니 마음은 늙지 않았지요(老木開花不心老)." 허 정승은 이 사실을 세종 임금에게 아뢨고 왕은 비단 오십 필을 상으로 내리며 "자라면 크게 쓰겠다" 하고 약속했다.

나는 어려서부터 놀기를 좋아하여 생업을 돌보지 않았다. 다만 명리를 좇지 않고 청빈하게 뜻을 지키는 것이 포부였다. 본디 산수를 찾아 방랑하고자 하였고 좋은 경치를 만나면 이를 시로 읊조리기를 즐겼다. 그러나 문장으로 관직에 오르기를 생각해 보지는 않았다. 하루는 홀연히 가슴에 사무친 일(세조의 왕위 찬탈)을 당하여 세상을 등졌다. 남아로 태어나 도를 행하지 않고 내 몸을 보전한다고 윤강을 어지럽히는 것은 부끄러운 일이다.
— 『탐유관서록 후지』 중에서

시습의 나이 스물한 살 되던 해 수양대군이 단종의 왕위를 빼앗는 일이 벌어지자 과거 준비를 하던 삼각산 중흥사 공부방에서 사흘을 통곡하다 읽던 책을 불사르고 그 길로 방랑의 길로 나서게 된다. 시습은 발길이 가는 대로 십 년을 떠돌다 경주 남산 서록의 용장사에 몸을 의탁하고 육 년을 머문다. 유명한 『금오신화』도 이때의 산물이다.

시습의 타고난 기질은 스스로 말했듯 '놀기 좋아하는 풍류꾼'인데다 '가슴에 사무치는 일'이 터지는 바람에 하나님이 후회해도 소용없을 '시대와의 불화'라는 전쟁판에 뛰어들게 된다. 정권을 쥔 세조 측에서 보면 시습의 일탈된 행위는 분명 이단이자 반항이었지만 천심에 순응하고자 하는 시습의 입장에서 보면 가당치도 않는 폭거였던 것이다.

그래서 시습은 사육신을 때려죽이는 일이 벌어지자 노들강변에서 능지처참당한 성삼문·박팽년·이개·유성원·유응부 등 다섯 충신의 머리를 몰래 노량진 기슭에 파묻고 다시 길을 떠난다.

서울 성동에 폭천정사를 짓고 살 때 일이다. 하루는 술에 취해 길을 걷다 영의정 정창손의 행차를 만났다. 사육신 사건의 거사 모의를 밀고한 김질의 장인이 정 정승이었다. "야 이놈, 창손아! 종노릇 맛이 어떻더냐" 하고 삿대질을 하기도 했다.

그는 궁핍하게 살았지만 누구에게도 빌붙지 않았으며 두려워하지 않았다. 어느 날 서강(西江)을 지나가다 벽에 붙은, 한명회가 지은 글귀를 보게 되었다. "젊어서는 사직을 붙잡고 늙어서는 강호에 묻힌다(靑春扶社稷 白首臥江湖)." 시습은 얼른 붓을 들어 부(扶)를 망(亡)으로, 와(臥)자를 오(汚)자로 고쳐 버렸다. "젊어서는 사직을 망치고 늙어서는 강호를 더럽힌다."

역사 속에 첫 손가락에 꼽히는 간신도 스스로는 충신이라 생각하는 그 가상함이 요즘 청와대와 국회에까지 번지고 있는 것 같아 역사책 들춰 보기가 몹시 두렵다.

마흔일곱에 이른 시습은 머리를 기르고 다시 아내를 맞아 시대와 화해할 기미를 보였으나 평온한 일상은 '눈 덮인 산비알'보다 오히려 더 혼란스러웠다. 시습은 조정에서 윤씨의 폐비 논의가 일자 모든 것을 버리고 '시대와의 불화' 전쟁에 다시 뛰어들게 된다.

시습에서 설잠선사로 돌아간 그는 설악산 오세암 등지에서 약초를 캐면서 십 년이란 세월을 버티다 끝내 병을 얻는다. 설잠선사는 마지막 거처를 충남 부여의 무량사로 정하고 열반의 바다로 떠날 채비를 서두른다.

그는 자신의 초상화를 그리고 "네 모습 지극히 약하며 네 말은 분별이 없으니 마땅히 구렁 속에 너를 버릴지어다"라는 패전사를 바람에 부친다. 설잠선사는 달마가 서쪽에서 온 까닭이 궁금한 듯 "삶을 향해 서래의(西來意)를 묻노니"라는 계송을 남기고 세상과 치수가 맞지 않아 풍파뿐이었던 천재의 한 생애를 접는다.

사후 삼 년 뒤 참나무 불로 다비하여 얻은 사리 1과는 부여박물관에 보관되어 있고 껍데기뿐인 텅 빈 부도는 무량사 경내 부도밭에 있다. 그러나 그의 맑은 영혼은 아무도 볼 수 없는 푸른 하늘에 깃발처럼 걸려 있다.

기억과 추억

추억은 흔적이다. 마음에 남아 있는 흉터다. 잎이 떨어진 나뭇가지에 엽흔(葉痕)이 남듯, 우리 기억 속에도 상처처럼 아린 추억이 진흙밭 위 새의 발자국처럼 선명하게 찍혀 있다. 몸에 남아 있는 흉터를 자세히 들여다보고 있으면, 그때의 고통이 미세한 진동으로 느껴지긴 하지만 당시의 아픔을 있는 그대로 느끼지는 못한다.

꽃이 떨어진 흔적에서 꽃이 피어나는 순간의 설렘과 눈부신 황홀을 되새길 수는 있어도, 새순이 돋을 때의 껍질이 찢어지는 아픔을 기억하는 사람은 아무도 없다. 사람들은 추억이란 마음의 갈피를 뒤적일 때마다, 세월의 멍울이기도 한 지나간 옛날의 부끄러운 일까지도 그럴싸하게 미화하려 든다. 그래서 추억은 아름답다고 말한다.

사과의 흰 꽃잎이 떨어진 자리의 흉터가 배꼽이다. 수분과 영양이 공급되던 탯줄을 끊고 난 빈자리를 과육에게 물려주고 상처뿐인 영광을 별처럼 달고 있다. 그것이 사과의 어릴 적 추억인 배꼽이다. 사과의 배꼽은 현재의 상태를 흉터로 생각하지 않는다. 눈부신 흰 꽃을 훈장처럼 생각하고 그걸 달고 있을 때의 화려했던 기억을 아주 소중하게 여긴다. 그래서 사람이나 사과나 추억 속에 살고 싶은 욕망은 마찬가진 듯하다.

기억은 무엇이며 추억은 무엇인가. 기억이 큰 강이라면 추억은 강 속의 여울과 폭포 그리고 강물이 쉬어 가는 소(沼) 같은 것이 아닐까. 누가 "어느 강이 아름답다"라고 말하면 우리의 의식은 그 강의 전체를 정지된 화면으로 떠올린다. 그것이 기억이다. 그런 다음 강이 품고 있는 다리 옆 정자와 강변의 오솔길, 그리고 물 위에 떠 있는 유람선을 타 보았던 과거의 경험을 기억과 함께 동영상으로 되돌리는 게 바로 추억이다.

기억은 전부 추억할 수 없지만 추억은 모두 기억할 수 있다. 한 편의 영화를 보거나 소설을 읽고 나면 전부를 기억할 수는 없어도 어느 부분은 선명하게 되새길 수 있다. 그것이 기억과 추억의 차이다. 기억이 명사라면 추억은 동사다. 기억은 단순하게 '과거에 있었던 일'을 지칭하지만 추억은 '그 속에서 놀던 때'를 그리워하는 것으로 다분히 행위적인 것이 내포되어 있다. '논다'는 행위에는 반드시 재미가 동반되기 때문에 추억은 그리워할수록 아쉽고, 그 시절로 돌아갈 수 없으므로 더욱 애틋하다.

기억은 개인의 체험과 관습을 머릿속에 보관하고 있다가 필요시에 회상하는 기능이다. 기억은 연대순으로 기록되지 않고 회상 빈도가 잦은 순서대로 저장된다. "큐!"라는 뇌의 지시에 따라 풀리기도 하고 감기기도 한다. 그러니까 불러오기가 쉬운 것들이 먼저 불려 나오기 때문에 이미 잊힌 오래된 기억들이 생생한 화면으로 되살아 나기란 여간 어려운 일이 아니다. 기억 중에서도 진한 추억의 범주에 드는 희미한 옛 사랑의 그림자는 백내장 환자의 세상보기와 같이 흐릿할 수밖에 없다. 그러나 지워 버리고 잊어버리기엔 너무 아깝고 서러워 서성거리는 환영이 망막 속에서 어른거릴 뿐이다.

기억이란 필름에는 세월이 빚어낸 '망각'이란 먼지들이 끼게 마련이다. 시간이 흐름에 따라 낡고 닳아 모든 기억이 추억으로 재생되지는 않는다. 그러나 회상단서(retrieval cue)라고 부르는 기억의 흔적(engram)을 자주 자극하여 기억 속에 파묻혀 있는 보석 같은 추억들을 건져 올리면, 흐르는 강물 속에서 사금덩이를 채취하는 횡재도 더러 할 수 있다. 라스트 신이 뭉클한 감동을 주었던 영화가 뇌리에서 좀처럼 지워지지 않듯, 기억 속에서 희미해져 가는 아름다운 추억들이 생애를 한없이 풍요롭게 만들 수 있는 것이다.

고향 하늘 아래 햇볕과 산천은 기억이 펼친 파노라마지만 유년으로 돌아가 맑은 강에서 피라미 낚시질을 하는 풍경은 추억이다. 화랑에 걸려 있는 황금 들판 속의 참새 떼 그림은 고향을 떠올리게 하는 기억의 한 단면이지만, 전짓불로 초가지붕의 추녀를 뒤져 잡은 참새구이는 잊을 수 없는 추억이다.

나는 지금도 추억 속에 살고 있다. 추억은 실제 경험과 어릴 적 환상이 빚어낸 장난감이다. 이 장난감은 어른이 될수록, 나이가 들면 들수록 더 갖고 싶어진다. 그래서 한 번 손에 쥐기만 하면 놓치지 않으려고 아등바등한다. 사과의 흉터 자리인 배꼽이 흰 꽃 시절의 화려한 기억을 끝내 지우지 않고 있듯이, 나도 어릴 적 강 소년으로 돌아가 초가집 추녀나 뒤지고 피라미나 잡으며 그렇게 살고 싶다. 그것이 환상이라 해도 그렇게 살고 싶다.

잎 떨어진 나무 그 나뭇가지에 / 잎이 떨어진 흔적 엽흔 / 나뭇가지마다 잎이 떨어진 흔적에서 / 하늘 닮은 푸르름을 손으로 만질 수 있듯 / 꽃이 진 흔적에서도 꽃이 피어나던 순간의 / 눈부신 설렘과 기쁨을 되새길 수 있다 / 나무에게 엽흔이 있고 / 나뭇가지마다 꽃이 진 흔적이 있듯 / 우리 모두의 마음 안에도 / 수많은 흔적이 남아 있다 / 그건 추억이기도 하고 상처이기도 하고 / 세월의 멍울이기도 하다 / 가끔은 마음 안에 남은 / 잎이 떨어진 자리 / 꽃이 진 자리도 돌아봐야 해요 / 그것이 추억이 아니라 상처라 해도.
— 『좋은 생각』 중에서

환상을 잃어버리면 추억까지도 잃어버릴 수 있다. 소중한 추억을 지키려면 환상에서 깨어나지 말아야 한다. 환상이란 꿈이 설사 개꿈이라 해도 그 꿈을 안고 뒹굴어야 한다. 나는 매일 꿈을 꾸며 살고 있다.

내 벗이 몇인가 하니

"사람은 사회적 동물이다"라는 그 말씀 너머에 자연이 존재한다. 무슨 말이냐 하면, 세파의 인정에 넌덜머리가 난 사람들은 더 이상 '사회적 동물'이기를 포기하고 도망치듯 자연 속으로 숨어들어 은자가 된다는 말이다. 고향을 포함하여 넓은 의미의 자연은 어머니의 자궁과 가장 밀접하게 닮아 있기 때문에 일상이 고단한 이들은 자연의 품에 안겨야 비로소 안정과 휴식을 얻을 수 있다.

몇 푼의 봉록이 걸려 있는 관직생활에 심신이 피로해진 도연명은 불후의 명작인 「귀거래사」를 읊으며 고향으로 돌아갔으며, 회재 이언적도 김안로와의 권력투쟁에 밀려 안강 자옥산 기슭에 독락당을 짓고 칠 년이나 은둔생활을 해야 했다. 그리고 고산 윤선도도 젊은 패기에 푸른 꿈이 있었지만 당쟁의 세력다툼이 싫어 보길도로 들어가 자연 속으로 회귀하려 했다.

내 벗이 몇인가 하니 수석과 송죽이라

211

동산에 달 오르니 긔 더욱 반갑고야
두어라 이 다섯밖에 또 더하여 무엇하리.
— 고산의 시 「오우가」

이렇게 자연으로 들어간 은자들은 곁에 늘려 있는 물상들을 친구로 삼을 뿐 더 이상 사람을 친구로 삼지 않는다. 왜냐하면 인간들이 모여 사는 사바세계에는 요즘 유행하는 '코드'라는 패거리 문화의 악습이 항상 내재하고 있기 때문에 그 범주 속의 일원이 되지 못하면 '왕따'를 당하거나 심할 경우엔 목숨까지 잃는 예가 허다했다.

벼슬아치들의 유배 기록을 보면 무엇을 잘못해서가 아니라 상대편의 모함으로 억울하게 귀양 간 경우가 절반이 넘는다. 정적들에게 보복을 당하면 으레 그러려니 하겠지만, 때론 친한 친구에게도 배신을 당했으니, 어찌 배반당한 이들이 초야에 묻혀 지낼 때 사람을 친구로 삼으려 하겠는가.

주변 사물들을 친구로 사귄 옛 중국의 예를 보자. 임포는 매화를 아내로 학을 자식 삼아 강호에서 일생을 지냈으며, 도연명은 울 가득 국화를 심어 두고 남산을 바라보았고, 주돈은 맑은 향의 연꽃을, 왕휘지는 대나무를, 삼국시대 명의 동봉은 치료비 대신 살구나무를 심게 했으며, 미불은 바위만 보면 꾸벅 절을 올렸다. 장한은 농어와 미나리가 먹고 싶다며 벼슬을 버리고 고향으로 돌아갔으며, 굴원은 향초를 몸에 둘러 맑은 마음을 기렸고, 명필 회소는 만 그루의 파초를 키웠고, 처종은 닭을 사랑했으며, 왕소군은 비파를, 진나라 사람들은 무릉도원을 꾸며 두고 세상과의 인연을 멀리했다.

그러나 시원찮은 군주들에 의해 지나치게 과분한 대접을 받은 사물들이 있어 후세 사람들의 손가락질을 받은 경우도 더러 있다. 속리산 입구의 정이품송은 세조의 행차 때 연이 걸리지 않도록 가지를 들어 주었다 하여 그렇게 불리지만 『단종애사』를 떠올리게 하는 세조라는 왕의 가치를 생각해 보면 그것 역시 만화 수준이다.

태산에서 내려오던 진시황이 비바람을 만나 소나무 아래서 피한 후, 그 소나무를 오대부(五大夫)에 봉한 일이나, 위의공이 학을 좋아하여 대부의 봉록을 주고 수레까지 하사한 것도 결코 희화 수준을 넘지 못할 일이다. 반면에 중국 유일의 여황제 측천무후는 성불 기도 중에 귀뚜라미가 요란스레 우는지라 기도에 방해가 된다 해서 귀뚜라미 포살령을 내린 일이 있다.

학에게 수레를 하사한 것이나 귀뚜라미 포살령을 내린 것이나 따지고 보면 우리나라 누구처럼 군주의 고유권한을 곧잘 남용하는 불가해한 처신들이다. "수석과 송죽은 내 벗이네. 동산에 떠오르는 달도 역시 내 친구네"라고 읊은 고산의 심성은 얼마나 멋지고 아름다운가. 이런 풍류를 모르는 소인배들이 정치를 하면 나라의 장래를 그르치는 법이다.

고산은 효종이 등극하기 전인 봉림대군 시절에 그를 가르쳤던 사부였다. 그는 임금의 남다른 총애도 받았지만 반대세력인 서인들에게 밀려 생애 중에 십팔 년이란 긴 세월을 귀양살이로 보냈다. 그래도 고산은 아부를 하지 않았으며 벼슬이 내려질 때마다 면직을 청하고 물러나기를 거듭했다. 그는 유배지에서 몇 년을 더 버티는 한이 있더라도 임금을 향해 치사한 사모곡은 부르지 않았다.

낚대는 쥐어 있다 탁주 병 실었느냐
동풍이 건 듯 부니 물결이 고이 인다
돛 달아라 돛 달아라
동호를 돌아보며 서호로 가자스라
지국총 지국총 어사와

모든 것 팽개치고 「어부사시사」를 읊으며 곧잘 바다로 나가곤 했던 고산이 몹시 그리운 요즘이다.

사람이 꽃보다 아름다워

노인네들은 '아, 아름답다'는 말을 자주 하지 않는다. 볼 것 다 보고, 할 것 다 하고, 놀 것 다 논 노인들은 아름다움이 낯설 것도 새로울 것도 없어 삼라만상이 모두 무덤덤하다. 아름다움은 사람마다 미적 기준이 다르기 때문에 구구각각이다. "헌신짝도 제짝이 있다"라는 말이 이를 설명하고도 남는다.

일상에서 벗어나는 일, 익숙함에서 탈출하는 일이 아름다움과 만나는 지름길이다. 놀이가 그렇고, 여행이 그렇고, 연애가 그렇다. 낯선 풍경은 우리가 풍경이라 부르지만 낯설지 않은 풍경은 풍경이라 부르지 않는다. 다만 '그냥 그것'이라고 말할 뿐이다.

초등학교 운동장에 개 두 마리가 꽁지를 맞대고 서 있다. 침을 질 질 흘리며 서 있다. 학동들에겐 분명 신기하고도 낯선 풍경이다. 그러나 노인의 길목에 들어선 교장선생님에겐 그 풍경이 하나도 낯설지 않다. 그래서 아이들의 질문에 "줄다리기 하는 거야"라고 얼버무린다.

나는 나잇살이나 먹었는데도 늙지 못하고 어중간하게 서 있다. 내 눈에는 아직도 모든 것이 낯설다. 풍경도, 사람도, 소리도 심지어 내 그림자를 보고 "너 누구냐?"라고 묻는 낯섦 속에 살고 있다. 며칠 전에는 물웅덩이 속 연잎 위에서 짝짓기를 하고 있는 청개구리 한 쌍을 보고 즐겁다 못해 경이로움을 느꼈다. 낯선 풍경은 항상 엷은 흥분을 느끼게 한다.

지금은 돌아가신 어머니가 스무 살을 갓 넘은 나에게 "넌 꽃이 예쁘냐, 사람이 예쁘냐?"하고 물은 적이 있다. 그때 나는 "여자가 예쁘지요"라고 대답했다. 어머니는 "그래 맞다. 그렇지만 너도 나이를 먹으면 꽃이 사람보다 예쁘게 느껴질 시절이 반드시 오느니라" 하고 말씀하셨다. 그때는 어머니의 말씀이 도저히 믿어지지 않았다.

은퇴를 한 후, 할 일이 없어 본격적인 풍경 사냥질에 나섰다. 서서히 꽃과 나무가 눈에 들어오더니 이젠 숲이 내 마음속에 크게 자리를 잡아가고 있다. 어머니의 생전 말씀이 적중해 가고 있는 셈이다. 그런데 저승이란 먼 길에서 나를 찾아 꿈에 나타난 어머니가 "그래, 내 말 맞제?"라고 의기양양해 하시면 뭐라고 대답할까. 어머니의 비위가 거슬리지 않게 "사람보다 꽃이 정말 예쁜데요"라고 말해 버릴까. 나는 아직 꽃보다는 사람이 더 예쁜데….

오늘 아침 거울을 들여다보니
구레나룻 살쩍머리 온통 백발이네
나이 예순넷이니 어찌 노쇠하지 않을 수 있으랴

가족 친척들은 나의 늙음이 아쉬워
서로 바라보며 탄식하는데
나는 홀로 미소 지으니
그 뜻을 누가 알랴
웃음을 짓고 나서 술상 차리라 이르고
거울 덮고 흰 수염 쓰다듬네
사는 것이 소중한 일 못 된다면
늙는 것이 어찌 슬퍼할 일이랴
사는 것이 정녕 소중한 일이라면
늙음은 곧 그만큼 오래 살았음일세
늙지 않았다면 요절하였을 것이고
요절하지 않았다면 노쇠하여 마땅한 법
노쇠는 요절보다 나은 것
그 이치 의심할 나위 없네
우리네 한평생 일흔 넘기기 드물다고
내 이제 여섯 살이 모자란 터
다행히 그렇게 될 수도 있으리라
그때까지 살 수 있다면
기뻐할 일이로다
탄식할 일 아니로다.
술이나 한 잔 더 기울임세.
— 백거이의 시 「거울 보고 늙음이 기뻐서」

백거이(772-846)는 배포가 크고 활달한 시인이다. 그는 이백이 죽

고 십 년, 두보가 타계한 지 이 년 뒤에 태어났다. 시인의 호는 취음
(醉吟), 자가 낙천(樂天)인 것만 봐도 그의 생애를 짐작할 수 있다. 시
인은 꾀죄죄하지 않다. 그만큼 도량이 큰 사람이다. 늙어 가는 것과
늙어 있는 것에 기쁨을 드리는 그의 시는 풍류로서도 극치에 가깝다.

이백·두보·한유와 더불어 '이두한백'이라 불렸던 백거이는 늙음
을 거부하지 않았다. 오히려 늙어 가는 것을 기뻐하며 작작유유한
삶을 삶으로써 일흔넷으로 네 사람 중에 가장 오래 살았다. 이백은
육십일 세, 두보는 오십구 세, 한유는 오십육 세까지 살았으며 소동
파는 육십오 세에 죽었다.

특히 두보는 폐결핵과 당뇨에 시달리면서 시에서도 "많은 병에 오
직 구하고자 하는 바 약물뿐이니"라고 약타령을 늘어놓다가 만년에
는 "몰골이 늙고 흉하여 흐린 술잔의 술을 새로 끊었노라"라고 읊기
도 했다.

그러나 백거이는 우선 사물을 보는 눈이 달랐고 술을 대하는 태도
가 남달랐다. 그의 시 「눈 오는 날의 초대장」을 읽어 보자.

술이 익어 부글부글 괴어오르고
화로에는 숯불이 벌겋네.
해 질 녘 눈이 올 것 같은 날씨
술 한 잔 하지 않을 수 있겠는가.

나는 이 글을 쓰면서 가수 안치환이 부른 〈사람이 꽃보다 아름다
워〉란 노래를 듣고 있다. "지독한 외로움에 쩔쩔매 본 사람은 알게

되지 / 우렁우렁 잎들을 키우는 사랑이야말로 / 짙푸른 숲이 되고 산
이 되어 / 메아리로 남는다는 것을 / 누가 뭐래도 사람이 꽃보다 아
름다워 / 사람이 꽃보다 아름다워…"

천재가 꾸는 꿈

『홍길동전』의 저자 허균은 천재였다. 그는 깨달음을 통해 신선의 경지에 이르려 했던 풍류객이었다. 그는 기존관습이나 사회제도 그리고 세상의 영리에도 초연히 벗어났던 대자유인이었다. 그러면서도 자신은 끊임없는 수련과 단련을 통해 몸과 마음을 갈고 닦는 한편 더 맑고 밝은 미래를 위해 급진적 개혁을 서둘렀다. 그러나 어지러운 세상을 뒤엎고 자유의 세계를 연다는 발상이 돌이킬 수 없는 큰 욕심인 줄은 스스로도 몰랐다.

괴짜들의 인생행로가 다 그렇듯 허균도 관직에서 세 번이나 파직되고 귀양을 갔지만 개의치 않았다. 그러면서도 그는 하고 싶은 일은 불법이라도 저질렀으며 호되게 당하고 나서도 번번이 벼슬에 복귀하는 오뚝이였다. 그런 이면에는 실력이 전제된 천재성과 좌절을 모르는 집념이 항상 뒤를 받쳐 주었다.

허균은 서른 초반 때 부안 기생 매창에게 마음이 홀려 한때는 집을 부안으로 옮길 생각도 한 적이 있다. 그때 매창은 당대 최고 시인인 촌은 유희경에게 빠졌다가 마음을 추스르는 기간이어서 가까이 다가오는 허균을 온전하게 다 받아들이지는 못한다. 그래서 천하 풍류객인 그도 관망하는 시간을 너무 오래 끌다가 때를 놓치고 만다. 운명이란 때론 쉽게 만날 수 있는 것도 무엇이 어긋나 비껴 지나가는 경우도 흔히 있으니 그걸 어쩌랴.

허균은 뽕도 못 딴 연애사건 때문에 구설수에 올랐고 과거에 조카를 부정 합격시켜 귀양을 가기도 했다. 서출들과 어울렸다가 옥사에 연루되었으며 지방관으로 있을 땐 아침마다 부처님께 예불을 올렸다가 파직되기도 했다. 그러나 관리들끼리의 시험에선 일등을 놓친 적이 없었으며 그가 갖고 있는 독창적 문학성을 비방하던 이들조차 꼼짝없이 인정해 주었다.

그의 천재성은 학문에만 국한되지 않았다. 요즘 '단학'이라 불리는 내단 수련의 고수였다. 그가 쓴 실존인물인 도사 남궁두가 무주 적상산에서 스승을 만나 수련하는 기록인 『남궁선생전』은 지금도 단학 수련의 지침서로 널리 읽히고 있다.

단학의 요체는 잠을 줄이는 수잠(睡箴)의 단계가 첫 관문이다. 그래야 신선술을 배우는 이가 생각의 실마리를 끊어 삼보를 단련하여 감리와 용호를 교제하여 단(丹)을 이루게 된다. 다음 단계는 생식을 하는 위순잠 및 연년잠 단계. 검은 콩가루와 황정(둥글레) 그리고 복숭아씨 가루를 하루에 두 번, 한 숟가락씩만 먹는다.

세 번째는 각헌명의 단계로 마침내 단전에 좁쌀만 한 금단(金丹)

구슬이 맺혀 화후(火候)를 운행할 수 있게 된다. 이렇게 되면 가만히 앉아서 마음의 눈으로 바깥을 투시할 수 있게 된다. 다시 수련을 더 쌓게 되면 단전이 충만해지면서 배꼽 아래서 황금빛이 흘러나오지만 대부분 욕념을 못 이겨 단전에 불이 붙어 바깥으로 뛰쳐나오게 된다. 남궁두도 마지막 관문을 통과하지 못해 천선(天仙)의 경지에는 못 오르고 지선(地仙)으로 주저앉고 만다.

허균의 수련 경지는 어디까지 갔을까. "눈은 자더라도 마음은 자지 말라. 눈만 자면 마음을 비출 수 있겠지만, 마음마저 잠들면 음기를 지닌 백(魄)이 와서 침범한다네"라고 읊었으니 초보는 뛰어넘었으며 "마음의 본체는 맑아 늘 깨끗하다. 움직이지 않을 땐 맑은 물거울 같고, 텅 비어 신령하고, 신비롭고 정밀하다"라는 '연년잠'에 대한 생각을 적은 것만 봐도 둘째 관문도 무난하게 통과한 듯하다.

그리고 그의 거처를 각헌(覺軒)으로 짓고 "깨닫지 못한 자는 물욕에 어두워 먼지 낀 거울과 같다. 먼지 털면 환해지듯 깨달으면 원만해져 크고 밝은 거울 같다. 맑음과 밝음은 공경과 정성이니, 이 깨달음은 신선도 아니요, 부처도 아니며, 또한 성인도 아니어서 마음으로 건너편 마주함일세"라는 「각헌명(覺軒銘)」이란 글을 지은 것을 보면 단전에 쌓인 내공이 엄청나게 단단할 것 같다.

허균은 마음 닦기를 거울 닦듯 잠시도 쉬지 않고 마음 비우기를 계속했다. 내가 세계가 되고 세계가 바로 내가 되는 물아일체의 경지에 도달하려 했다. 그는 천하의 풍류꾼으로 머물지 않고 어지러운 세상을 벗어나는 대자유의 세계, 즉 신선의 꿈을 꾼 것이 화를 자초한 실마리가 되었다. 스스로 욕심을 걷어 내면 모든 걸 얻을 것 같았지만 그것 자체가 더 큰 욕심일 줄이야. 그는 꿈의 실현을 위해 역모를 꾸미다 능지처참형에 처해졌다. 그의 나이 마흔아홉 때 일이다.

문밖 나서니 갈 곳이 없네

늙는다는 것은 분명 서러운 일이다. 늙었지만 손끝에 일이 있으면 그런대로 견딜 만하다. 쥐고 있던 일거리를 놓고 뒷방 구석으로 쓸 쓸하게 밀려나는 현상을 '은퇴'라는 고급스런 낱말로 그럴듯하게 포 장하지만 뒤집어 보면 처절한 고독과 단절이 그 속에 숨어 있다. 그 래서 은퇴는 더 서러운 것이다.

'방콕'(방안에 콕 처박혀 있는 상태)이란 단어가 은퇴자들 사이에 유행하고 있다. 세간에서는 그들을 화백(화려한 백수), 불백(불쌍한 백수), 마포불백(마누라도 포기한 불쌍한 백수) 등으로 나누고 있다. 그러나 화백이든 불백이든 간에 마음 밑바닥으로 흐르는 깊은 강의 원류는 '눈물 나도록 외롭다'는 사실을 한 치도 벗어날 수 없다. 화백 도 골프 가방을 메고 나설 때 화려할 뿐이지 그들도 집으로 돌아오 면 심적 공황 상태인 방콕을 면치 못한다. 집단에 소속되지 못하고 지속적인 노동의 즐거움을 잃어버렸기 때문이다.

어제 진 태양은 오늘 다시 떠오르지만 은퇴자들은 어제도 갈 곳

없었지만 오늘 역시 갈 곳이 없기는 마찬가지다. 눈이 부실 만큼 태양이 푸른 날, 도저히 집안에 앉아 있을 수가 없다. 자꾸만 사그라져 가는 용기를 부추겨 '오래 못 본 친구를 만나리라' 생각하고 들메끈을 조여 맨다. 코앞에 있는 지하철역에 닿기도 전에 친구를 만난 후의 결과를 부피와 무게까지 미리 셈해 보고는 "그래, 가지 말자" 하고 지레 결론을 내리고 돌아서고 만다.

이럴 때마다 다산 선생의 「독립」이란 시를 기억해 내곤 혼자 웃는다. "대지팡이 짚고 절간에나 노닐까 생각다가 그냥 두고 작은 배로 낚시터나 가 볼까 생각하네. 아무리 생각해도 몸은 이미 늙었는데 작은 등불만 예전대로 책 더미에 비추네." 일흔에 쓴 다산의 시가 이리도 가슴 깊은 곳에 와 닿으니 머잖은 장래에 그 나이에 이르려니 생각하니 소름이 확 끼친다.

곰곰 생각해 보면 '방콕'이 독락(獨樂)으로 가는 지름길이 아닌가 생각된다. 영화나 책을 둘이 나란히 앉아서 본다고 두 사람이 함께 보는 것인가. 아니다. 나는 내 것을 보고 너는 네 것을 볼 뿐이다. 그래서 생애도 혼자서, 죽음도 홀로 맞는 것이다. 모든 위대한 것들은 모두 홀로이다. 태양이 그렇고 하나님이 그러하다. 태양에 암수가 있고, 아버지 하나님과 어머니 하나님이 함께 계신다고 가정해 보면 알 것이다. 온리 원(only one)이란 고독이 얼마나 위대한 존재인가를.

경주 안강의 자옥산 기슭으로 낙향한 회재 이언적 선생도 독락당을 짓고 인고의 칠 년 세월을 외로움과 함께 버텨 냈다. 사무치도록 외로웠기 때문에 담을 헐어 낸 자리에 살창을 끼워 계곡의 물소리를 눈으로 들으면서 세월을 보냈다.

조선조 초의 학자 권근의 『독락당기』를 보면 홀로움의 즐거움이 일목요연하다.

봄꽃과 가을 달을 보면 즐길 만한 것이지만 꽃과 달이 나와 함께 즐겨 주지 않네. 구름 속의 기이한 봉우리와 눈 덮인 소나무가 즐겁게 구경할 만하고, 진기한 새소리와 반가운 빗소리도 즐겁게 들을 만하지만 어느 것 한 가지도 나의 즐기는 바가 같은 것은 없으니, 독락이라고 하지 않을 수 있겠는가. 글은 혼자도 보는 것이어서 강론이 필요치 않고, 시는 혼자서 읊조리는 것이어서 화답이 필요치 않고 술은 혼자도 마시는 것이어서 꼭 손님이 있지 않아도 되네. 느지막이 일어나 피곤하면 잠자며, 더러는 정원을 거닐고 더러는 평상에 누워, 오직 생각이 가는 대로 그림자와 함께 다니니, 이것이 내가 한가히 지내며 홀로 즐기는 것이다.

옛 선비들의 독락에는 다분히 풍류적인 즐거움이 서려 있지만 오늘의 백수들이 곧잘 읊조리는 방콕에는 궁상과 자탄이 한숨처럼 배어 있다. 강산과 풍월은 원래 주인이 없고 한가로운 사람이 바로 주인이라고 했으니 홀로 독락을 못 즐길 양이면 모든 방콕거사들은 문밖으로 뛰쳐나가 풍월의 주인이 될 일이다. 풍월주인은 정년도 없고 은퇴도 없다. '문밖 나서니 갈 곳이 없네'는 말은 입 밖에도 내지 말고.

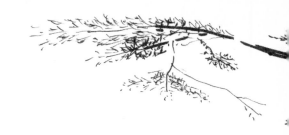

6.

걸레 스님 중광과 그 주변

1. 푸닥거리 한판

남들이 알지 못하는 '그때 그런 일'은 내겐 없다. 비화라고 해야 하나 아니면 무슨 은밀한 얘기를 털어놓거나 자랑할 만한 것을 기억으로 갖고 있질 못하다. 내가 훌륭한 사가(史家)라면 현상 뒤에 숨어 있는 본질까지도 능히 꿰뚫어 볼 수 있는 혜안으로 오늘(現在)에 앉아 어제(過去)와 내일(未來)을 주섬주섬 챙겨 가며 입담 좋게 '그런 일들'을 풀어낼 수 있으련만 그러하질 못하다. 그래서 이 글을 쓰면서도 송구스런 마음을 지우지 못하고 있다.

청탁을 받고 '무엇을 써야 하나' 몇 며칠을 심각하게 고민했다. 그러다가 걸레 스님 중광을 저승에서 먼 길을 오시게 하여 푸닥거리 한판을 벌이기로 했다. 돌아가신 후 처음으로 벌이는 굿판이어서 질 좋은 고량주와 스님이 평소에 좋아하시던 맛있는 음식들을 진설하는 등 마음속으로 큰상을 차렸다. 물론 우리들의 놀이판에 풍악이 빠지면 안 되겠기에 마음의 귀(心耳)로 들어야 들을 수 있는 사물놀

이패도 미리 초청해 두었다. 깽 마구 치익 칙!

　망자와 벌이는 굿판은 어차피 추억이란 낡은 필름을 되돌리는 수밖에 다른 도리가 없다. 옛날을 찍은 사진첩을 펼쳐 놓으니 스님의 얼굴에 화색이 돈다. 스님은 더 이상 망자가 아니다. 영가 속의 스님이 웃고 있다. 그러니까 삼십 년 세월 저편인 팔십년대 초 스님과 함께했던 아름다웠던 날들의 기억들을 숨김없이 진열하면 그 게 '그때 그런 일'의 대체용품으로 쓸모가 있으려나 모르겠다.

#2. 스님의 광기

세인들이 걸레라고 부르는 중광 스님은 사실 행주에 가까운 사람이다. 헤진 바지에 누더기 군복이 걸레로 보일 뿐 속은 멀쩡하다. 그의 머릿속은 시심으로 가득하고 가슴은 항상 예술혼으로 불탔으며 몸은 행위예술의 재료로 값지게 쓰일 준비를 완료하고 있다. 멋진 심미안을 지니고 있는 스님에게 '걸레'라는 칭호는 부당하다. 한 시대를 휩쓸고 지나간 풍류객이다. 정말 걸레 같은 정치꾼들에 비하면 스님의 사고와 행위는 얼마나 정당하고 아름다운가.

　다만 승려의 도리인 참선과 염불을 버리고 성직자로서 체통을 지키지 못한 죄는 '파계승'이란 족쇄를 차고 평생을 갚아도 모자랄 수도 있다. 그리고 비구로서 마땅히 지켜야 할 계율인 끓는 피의 외침을 억제하지 못하고 바람난 수캐처럼 돌아다닌 것도 죄라면 죄일 수도 있다. 스님은 그걸 청복이라고 했지만….

나는 스님의 불같이 타오르는 광기를 사랑한다. 스님이 연애를 하든, 잿밥에 관심을 갖든 그런 것은 아무 문제가 되지 않는다. 스님의 동침도반(同寢道伴) 역을 더러 맡았던 내가 느낀 소회는 '스님은 천재에 가까운 기인'이란 사실이다. 이건 가까이에서 지켜보지 않으면 아무도 모르는 숨은 진실이다.

3. 멕시코 룸살롱에서

어느 봄날, 중광스님이 하나님처럼 모시는 시인 구상 할아버님께서 전화를 주셨다. "응, 잘 있지. 다섯 시쯤 동대구역에 내려 한정식집으로 갈 거야. 걸루 와." 할아버님은 김수환 추기경, 조각가 문신 선생 내외, 중광 스님과 함께 대구에 오셨다. 추기경님은 바로 교구청으로 들어가시고 남은 분들끼리 음식점으로 오신 것이다.

식사자리는 반가운 안부를 주고받으며 화기애애했다. 유독 스님만이 안절부절, "빨리 일어서자" 하며 주위 사람들을 채근했다. 대구의 술집이라면 어느 누구보다도 좋아하는 구상 할아버님도 건강 때문에 문신 선생 내외분과 함께 일찍 숙소로 들어가셨다. 그러자 스님은 불알에 요령 소리가 날 정도의 빠른 걸음으로 멕시코 룸살롱으로 진군했다. 알고 보니 대구 마산 간 고속버스 승무원(그때는 고속버스에도 스튜어디스가 탑승했다)인 묘령의 아가씨와 만날 약속장소가 바로 그곳이었다.

'염불보다는 잿밥'이라더니 스님은 술과 안주는 거들떠보지 않고 아가씨 보살에게만 관심을 기울이고 있었다. 밥값과 술값을 책임져야 할 대구 사람들은 난감했다. 스님으로부터 그림이라도 한 폭 그려 받아야 그런대로 본전을 건질 텐데 스님은 전혀 생각이 없는 것 같았다.

스님의 왼손은 아가씨에게만 관심이 있었고 매직 잉크를 쥔 오른손은 안주 쟁반 위에 황칠만 해대고 있었다. 부아가 치민 나는 황칠 접시를 뺏어 인조대리석 바닥에 패대기를 쳐 버렸다. 그때서야 정신을 차린 스님은 "저놈이 사람 잡겠네"라고 한마디 하고선 그림을 그리기 시작했다.

H씨에겐 석가모니 얼굴에 예수 그리스도의 가시 면류관을 씌운 그림을, K씨에겐 달마선사를, 멕시코 여주인에겐 해바라기를 그려 주었다. 그리곤 나를 한 번 힐끔 쳐다보더니 "넌 엿이나 먹어" 하는 투로 털이 숭숭 난 남성에 잔뜩 풀을 먹여 "옜다" 하고 나에게 밀어 주었다. 그날밤에 그려 준 그것이 가장 중광적인 그림이었다. 그 그림은 지금도 내 서가의 한쪽 구석에서 면벽 가부좌한 채로 참선 중이지만 뻣뻣한 풀기는 좀처럼 사그라들지 않고 있다. 아마도 스님 것을 닮은 모양이다.

4. 코코 카페에서

접시를 깨뜨린 사건이 있고 난 후 스님과 부쩍 가까워졌다. 석가와 가섭의 미소처럼 이심전심으로 통한 것일까. 아무 볼일도 없으면서 살짝기 대구로 내려와 "아무도 부르지 말고 둘이서만 마시자"라며 술집 여기저기를 돌아다녔다.

한번은 중앙파출소 옆 누드 모델 출신이 운영하는 코코라는 술집에서 '카페 등불 아래 밤 드리 노닐다' 보니 밤이 너무 깊어졌다. 카페의 여주인이 맘에 들었는지 아무리 숙소로 돌아가자고 해도 막무가내였다. 우리 자리는 삐걱 계단 위의 이층 구석이었는데 스님은 오줌이 마려우면 아래층 변소로 내려가지 않고 제자리에서 질금거렸다.

하도 애를 먹이기에 스님을 버려두고 그냥 집으로 와 버렸다. 카페 주인도 시달리다 못해 문을 밖에서 잠그고 퇴근해 버리자 스님은 기나긴 겨울밤을 꼬박 혼자서 새웠다. 이른 아침 주인이 퇴근할 때 문틈에 끼워 둔 열쇠로 문을 따고 들어서니 "야, 임마. 추워 죽겠어. 해장국집에 빨리 가자"라고 고함을 질러 댔다.

나중 이 이야기를 구상 할아버님과 김종규 회장(한국박물관협회 명예회장) 등이 함께 모인 자리에서 한 적이 있다. 그랬더니 김 회장은 "스님은 내 승용차 안에서도 오줌을 여러 번 쌌어"라고 말하며 "스님은 걸레를 오줌에 헹굴 사람이야" 하고 흉을 보았다.

#5. 어느 절간에서

어느 해 초여름, 스님이 사진가 김태선 씨와 함께 우리 집에서 하룻밤을 주무시겠다며 대구로 내려오셨다. 스님은 오자마자 옷을 훌훌 벗어 던지고 러닝셔츠와 팬티 차림으로 집 안 여기저기를 기웃거렸다. 스님의 러닝셔츠는 가슴팍을 가위로 도려내어 마치 브래지어를 걸치고 있는 것처럼 보였다. 우리 집 아이들도 스님이 그러시고 다니는 모습이 신기한지 뒤를 졸졸 따라다녔다.

이튿날 아침 서울에서 항공편으로 도착한 여성 치과의사와 보살님 한 분을 맞아 우리 집에서 아침식사를 한 후 그 절로 향했다. 절에서의 볼일이 무엇인지도 모르고 나는 운전기사가 되어 손님들의 수행 임무를 맡게 되었다.

보살님들은 불공이 목적인 것 같은데 스님은 그게 아니었다. 어느 비구니 스님의 자색이 뛰어나다는 소문을 듣고 그 스님을 만나는 게 목적인 것 같았다. 보살님들은 법당으로 들어가셨고 우리는 비구니 스님의 방으로 안내되었다. 그 스님은, 머리를 깎고 승복을 입은 무슨 영화에 출연하는 미스코리아 출신 배우 같았다. 마침 점심시간이어서 밥상이 방으로 들여졌지만 스님은 언제나 그랬던 것처럼 공양에는 관심이 없었다. 오로지 그 비구니 스님만 쳐다보면서 호감 살만한 이야기들을 밑도 끝도 없이 늘어놓았다.

그 비구니 스님은 아무도 쉽게 범접할 수 없는 위엄과 카리스마를 지니고 있었다. 스님이 열심히 무엇을 이야기해도 그냥 웃기만 하는 품새가 '난 스님의 속마음을 다 읽고 있어요'고 대답하는 것 같았다. 그 후에도 스님과 단 둘이서 또다시 그 절을 찾아갔지만 관심과 무관심의 대결은 걸레 스님의 완패로 끝나고 말았다. 나는 지금도 비구니 스님의 법명을 기억하고 있지만 이 자리에서 밝힐 수는 없다.

6. 감로암 법당 앞에서

동대문 옆 충신동 15번지 감로암은 중광 스님이 살던 곳이다. 프레스센터에서 열리는 세미나에 참석하기 위해 서울로 올라오는 길에 먼저 스님이 계시는 감로암부터 들르기로 했다. "스님, 오늘 서울 가요. 술상 좀 봐 놔요." "그래, 알았어. 오는 길은 알지."

마침 세종문화회관에서 열리는 〈로댕전〉도 볼 겸 상경길에 따라나선 후배와 함께 오후 세 시경 감로암에 도착했다. 공양간 가마솥에서는 됫병 청주 두 병이 끓는 물속에서 따끈하게 데워지고 있었다. 아니나 다를까 법당 앞에는 연화대에 점잖게 앉아 계시는 부처님조차 항마촉지인을 풀고 '맛 좀 보았으면' 싶은 조기찜이랑 여러 가지 안주들이 우리를 기다리고 있었다.

스님의 어머니인 혜련 스님이 옆에 앉아 "저놈이 너희 집에 가서 애를 많이 먹였다면서"라고 말씀하시면서 내 손을 꼭 잡아 주셨다. 우리는 입가심으로 맥주까지 마신 후 스님과 함께 종로2가에 있는 '로망스'라는 술집으로 밀고 나왔다. 몸을 술에 흥건하게 담갔다 빼내 보니 젖은 빨래 꼴이었다.

감로암을 다녀온 후 친구 중에 누가 "어느 절에 갔더니 스님이 공양을 대접하면서 곡차까지 따라 주더라" 하고 자랑을 하면 나도 모르게 빙긋 웃음이 나온다. "법당 앞에 술상 차리고 조기찜 머어('먹어'의 안동 사투리) 봤어. 부처님 코앞에서 청주 마시며 삼겹살 머어 봤어." 요즘도 답사여행 중에 법당 앞에 서면 한 상 잘 차려 스님을 모시고 술을 마시고 싶어진다. 아마 이 병은 죽기 전에는 낫지 않을 것이다.

#7. 청호장 여관에서

동아쇼핑에서 〈걸레 스님 중광〉이란 연극이 무대에 올려졌다. 주최 측에서 스님에게 개막 무대 인사를 부탁한 모양이다. 그동안 스님이 대구에 오실 때마다 남들 몰래 그림 한두 점씩 내게 갖다 주시면서 "이건 너 줄려고 정성 들여 그린 거야"라고 말씀하셨다. 그러나 그림이 내 맘에 들지 않아 가까운 친구들에게 나눠 줘 버렸다. 스님은 자신의 그림이 명품 대접을 못 받는 데 대한 불만을 자주 털어놓았다. "야, 넌 그림 볼 줄도 그렇게 모르냐." 그래도 나는 끝까지 버텼다. "잘 좀 그려 봐요."

스님은 내려오시기 전에 전화로 "그래, 그림 제대로 한번 그려 보자. 히끼시(배접을 미리 해 둔 화선지)를 백 장쯤 사놓아라" 하는 주문이 있었다. 그러나 대구 시내 화방을 모두 뒤져도 서른 장밖에 구하지 못했다. 그날은 술집에 들르지도 않고 여관으로 직행했다. "어떤 그림을 그려야 네놈 마음에 들겠느냐" 하면서 "화선지를 빨리 펴라" 하고 야단이었다.

그림은 쉽게 풀려 나오지 않았다. 소주와 맥주를 마시다 중국집에서 배달시킨 고량주를 마셔도 엔지(NG)만 날뿐 그림 같은 그림은 그려지지 않았다. 자정이 지나고 새벽 두 시가 넘어섰다. 무엇에 화들짝 놀란 듯 갑자기 일어난 스님은 붓끝을 세워 한 일자를 긋더니 다시 붓을 눕혀 밑으로 내려 그었다. 그런 다음 네 개의 점을 찍고 나니 한 마리 학이 비상할 준비를 하는 것 같았다. 포스트 칼라의 붉은색을 학의 머리와 꽁지에 찍으니 영락없는 홍학이었다. 정말 걸작이었다. 스님이 그린 그림 중에 최고 작품이었다. "스님 그대로 계속 그려요. 진작 이렇게 그리지요." "똥강아지 같으니, 넌 뭘 좀 알어."

스님이 그날밤 그린 학은 표구가 되어 우리 집에서 이십 수년을 살았다. 그런데 미국에 살고 있는 막내아들이 "아부지, 이 학을 타고 미국에 갔다가 보고 싶을 때 다시 타고 오면 안 될까요" 하고 보채기에 스님이 나에게 하듯 "옜다" 하고 줘 버렸다. 우리 집에는 풀이 빳빳하게 먹여진 룸살롱 쟁반에 그려진 고추 그림밖에 없다.

#8. 스님을 그리워하며

스님의 몸이 편찮아 백담사 선방에서 요양 중이란 소식을 풍편에 들었다. 하루는 큰맘 먹고 백담사로 올라갔다. 스님 곁에서 하룻밤 자고 대청봉으로 오를 계획이었다. 공양간으로 찾아가 보살님에게 스님 안부를 물었더니 "닷새 전에 서울로 떠나셨어요"라고 했다. 맥 풀린 다리로 대청봉에 올랐다가 대구로 내려왔다. 스님과의 이승에서의 인연은 그것이 마지막이었다. 나중 저승에서 만나면 하직인사도 제대로 하지 못해 뵈올 낯이 없을 것 같다.

구상 할아버님은 중광 스님의 화집 『더 매드 몽크(The Mad Monk)』에 이렇게 썼다. "오늘의 예술가 일반은 시적이긴 해도 시인이 아니다. 그중에서도 중광은 시인이다. 시가 표현 이전에 존재하듯 중광의 그림은 언어 이전의 시다." 시인의 멋진 추모사다.

최근 계명대에서 열리고 있는 「중국 국보전」에 테이프 커팅을 하기 위해 대구로 내려오신 한국박물관협회 김종규 회장에게 "중광 스님과 함께 오시지 왜 혼자 오셨어요"라고 농을 걸었다. 그랬더니 "글쎄 말이야, 나도 많이 보고 싶어. 우리 다시 만나면 승용차를 아예 요강으로 내줘 버리지" 하고 빙그레 웃으셨다. 정말이지 나도 스님이 보고 싶다.

남촌수필

고등학교 한 시절을 대구의 남산동이란 달동네에서 살았다. 이문구의 소설 「관촌수필」에 버금가는 아름다운 수필과 같은 그런 동네이다. 집집마다 수도가 없어 물은 마을 입구 공동수도에서 물지게로 져다 먹어야 했다. 땔감은 제재소에서 피죽과 톱밥을 사 오거나 장작 한 평을 사서 장작 패는 노인을 불러 일일이 잘게 쪼개야 겨우 불을 지필 수 있는 궁색한 살림이었지만, 달동네 시절은 그래도 행복했다.

어머니는 자녀들의 교육을 위해 논 서 마지기를 처분하여 대망의 꿈이 서려 있을 것 같은 도시로 출애굽기를 방불케 하는 '고향 엑소더스'를 감행하신 것이다. 어머니는 믿는 것이라곤 하나님뿐이어서 교회가 가까운 개울가 '다릿걸'에 짐을 푸셨다. 논을 팔아 마련한 촌돈은 가뭄에 논물 마르듯 했고 궁여지책이 짜낸 지혜는 결국 하나님과의 거리가 가까우면서 방세가 싼 저 높은 곳인 '만뎅이'로 이사 가는 수밖에 다른 도리가 없었다.

삼 년 동안 열 번이 넘는 이사를 다녔다. 방세가 싼 다세대 주택은 아침이 괴로웠다. 변소 옆방인 우리 방은 '굿모닝'과는 거리가 먼 '개 같은 아침'이었다. 볼일 보러 나온 사람들이 방문 앞에 줄을 지어 늘어섰고 "빨리 안 나오고 뭐하노"라는 구시렁거리는 소리들로 새벽이 소란스러웠다. 열 세대가 넘는 대가족이 단 두 개의 변소를 사용했으니 '용변이 곧 지옥'이었다.

결심은 어머니의 몫이었다. 어느 날 아침 "안 되겠다" 하고 한마디 하시더니 고향으로 내려가셨다. 아들 다음으로 귀하게 여기던 문전옥답 서 마지기를 팔아 우리는 네 세대가 살고 있는 골목 안집 위채 큰방으로 이사를 가게 되었다. 이 집은 아침부터 '굿모닝'이었다. 우선 용변 보기가 만포장이었다. 그것보다 우리 교회 중등부에서 가장 예쁜 여학생이 아래채 방 두 개를 얻어 어머니를 비롯하여 오빠네 가족과 함께 살고 있었다.

이름은 춘자였다. 어느 상업고등학교를 다녔는데 신앙심도 좋아 중등부 부회장을 맡고 있었다. 얼굴과 몸매도 자그마하게 예쁘게 타고났지만 가난은 그녀나 나나 피장파장이었다. 오빠는 폐결핵 환자였고 그녀의 올케가 무슨 일을 하는지는 몰랐지만 가계를 책임지고 있었다. 춘자네 집은 여름 저녁을 멀건 물국수로 때우는 일이 다반사였지만 큰소리 한 번 들리지 않을 정도로 화목했다.

춘자네 집으로 이사를 오고부터 나는 괜히 신이 났다. 문구멍으로 춘자가 어른거리는 모습만 봐도 마냥 즐거웠다. 그런데 정작 춘자는 동급생인 나를 대하는 태도는 별로였다. 정확하게 이야기하면 그녀는 나를 어린 동생쯤으로 생각하는 것 같았다. 그게 뭔 대순가. 춘자와 한집에 살고 있는 나는 즐거웠고 아침에 시원하게 용변 볼 생각만 해도 웃음이 절로 나왔다. 오, 해피 데이.

오히려 바쁜 것은 내 친구들이었다. 중등부 회장인 명호는 이 집으로 이사 온 후부터 "새벽 기도에 가자"라며 매일 새벽 네 시에 나를 부르러 왔다. 그가 새벽마다 우리 집으로 온 것은 춘자 때문이었을 것이다. 그래도 나는 한 번도 새벽 기도에 가 본 적이 없다. 나는 새벽 기도를 통해 회개할 정도의 죄를 짓지 않았을뿐더러 천당의 총리 자리를 준다 해도 혼곤한 아침잠의 단맛과 바꿀 생각은 지금도 없는 사람이다.

우리 바로 옆방에는 내보다 한 학년 위인 애자가 홀어머니 밑에서 여고를 다녔다. 그녀도 폐결핵 환자였다. 애자는 특히 환절기에 기침을 하다 각혈을 하곤 했다. 옆방에 살고 있는 나에게 들키지 않으려고 이불을 뒤집어쓰고 몸부림치는 보이지 않는 모습은 정말 가련했다. 그러나 나는 아무것도 도와줄 수가 없었다. 어머니는 결핵에 전염될까 봐 "애자하고는 이야기도 하지 말아라" 하는 당부를 자주 하셨다. 애자도 그걸 알았는지 내게 말도 잘 걸지 않았다. 나는 두 소녀 옆에 살고 있었지만 외로운 섬에 갇혀 있는 로빈슨 크루스와 별반 다를 바 없었다.

애자네 옆방에는 미자네가 살고 있었다. 미자는 내보다 서너 살

위였다. 그녀는 이미 바람난 암캐처럼 어디를 싸돌아다니는지 밤이고 낮이고 얼굴을 잘 볼 수 없었다. 미자는 그때 남산동에서 이름난 귓병 전문집 강 영감 딸인 귀자와 '미꾸미'란 일본식 이름으로 불렸던 늘씬한 몸매의 멋쟁이와 한패가 되어 또래 머슴애들과 어울려 다녔다.

미자 동생인 홍수는 창녀촌인 해방골목의 쇼리였다. 그는 어쩌다 한 번씩 집으로 들어왔다. 집에 들어와서는 누나인 미자에게 성병 약을 사달라고 졸라 댔다. 그러면 미자는 동네가 떠나가도록 '창녀와 놀다가 몹쓸 병에 걸린' 사실을 고래고래 고함을 질렀고, 홍수는 그럴 때마다 욕설을 앞세우고 도망치듯 동네를 빠져나가곤 했다.

내가 이 집으로 이사 오고 난 후 나와 제일 친했던 동급생인 민수는 우리 집에서 살다시피 했다. 민수의 마음 한가운데에 춘자가 크게 자리를 잡기 시작했으나 그녀는 알아차리지 못하는 것 같았다. 그렇다고 민수가 정면으로 나서서 '창문을 열어다오' 하면서 세레나데를 부를 수도 없었다.

세월은 흐르고 또 흘렀다. 고향 탈출에 실패한 어머니는 다시 고향으로 돌아가 도시로 떠날 때 팽개쳐 버린 호미자루를 다시 잡았다. 나는 등록금이 가장 싼 국립대학교로 진학했다. 서울로 올라가 대학생이 된 민수는 그새 춘자를 잊었는지 방학이 되어도 대구로 내려오지 않았다.

우리는 헤어지면서 교회 중등부의 또래 회원들과 이십 년 후, 크리스마스 이브에 우리가 다니던 교회에서 모이기로 약속했지만, 그 약속이 지켜졌는지는 내 스스로 그걸 잊어버렸으니 알 길이 없다. 대개 그런 약속은 영화에서나 있을 법한 일이다. 무엇이 엇갈려 만나지 못함은 뜨거운 만남보다 더 큰 의미가 있다는 걸 전혀 모르는 상태에서 실천에 옮긴 셈이다.

나는 대학 졸업 후 얻은 직장이 신문사였고 언론계 생활이란 게 항상 그렇듯 바쁘게 돌아다니다 보니 서른 잔치는 나도 모르는 사이에 끝나 버렸다. 어영부영하다 사십대를 향해 치닫고 있었다. 사회라는 것, 그리고 생활이라는 것은 얻는 것보다 잃는 것이 더 많았다. 민수와 나도 예외는 아니었다. 우린 꿈을 잃어버렸고 꿈을 꿀 수 있는 가능성마저 잃어버리고 오로지 생활에만 매달려 있었다.

어느 날, 약전골목 입구에서 아기를 손에 잡고 등에 젖먹이를 업고 걸어가는 춘자를 만났다. 옛 모습은 간 곳 없고 고단함이 중동 여인의 차도르처럼 그녀의 온몸을 감싸고 있었다. 건성으로 안부를 묻긴 했지만 약간의 연민의 정 외엔 다른 감정을 느낄 수 없었다. 춘자도 옛날 춘자가 아니었다.

세월은 다시 바쁘게 흘러갔다. 간염이 간암으로 진행되고 있는 민수가 서울서 내려와 옛날 내가 살았던 집, 함석 물받이가 길게 뻗어져 있는 춘자네와 함께 살았던 그 집에 가 보자고 제의했다. 세월은 의식만 혼미하게 만드는 것이 아니라 도로며 골목길까지 노출과 거리가 맞지 않는 흑백사진처럼 흐려져 그 집을 찾기가 몹시 어려웠다. '살아 있는 한 추억은 계속 바뀌고 있다'는 말을 그 골목을 서성거리며 실감할 수 있었다.

민수는 아마 죽기 전에 자신의 첫사랑에 대한 기억을 제 몸을 다 태운 촛불의 마지막 불꽃처럼 '그 집 찾기'를 결행한 것 같았다. 그러나 소득은 아무것도 없었다. 아련한 추억의 끝자락만 잡고 늘어지는 안타까운 오열이었을 뿐 정말 아무것도 아니었다. 사랑, 첫사랑은 이렇게 기억을 떠올리는 자체가 측은하기 짝이 없는, 기막히게 허망한 것이었다.

그러다 얼마 후에 민수가 죽었다. 이화여대 목동병원 영안실에 누워 있는 민수는 말이 없었고 눈물이 범벅이 된 여고 제자였던 미망인은 나를 울음으로 맞았다. 한 시대가 가면 사랑도 가는 것.

민수가 떠난 빈소에는 "새벽 기도에 가자" 하고 나를 부르러 왔던 목사가 된 명호가 호상 자격으로 장례 절차를 관장하고 있었다. 춘자라는 골문을 향해 단독 드리블로 전력 질주하던 민수는 골대를 향해 공도 한 번 제대로 차 보지도 못하고 이렇게 누워 있다. "마지막으로 춘자 한 번 봤으면 좋겠다" 하던 민수의 목소리가 장례식장 주위를 서성이고 있는 나의 귓전을 떠나지 않았다.

사랑이란, 미혼모가 길러 낸 사생아 같은 것. 떨쳐 떠나보내기엔 너무 애처롭고 혼자 간직하기엔 너무 고통스러운 것. 사랑이란, 제가 불러 꽃피우고 제가 불태워 재 뿌려야 하는 것. 먼 훗날 혼자 찾아와서 없어진 흔적을 찾아 장끼처럼 한나절 내내 통곡하다 가야 하는 것. 사랑이란, 떨쳐 버릴수록 달라붙는 운명 같은 것. 벗어나려 발버둥칠수록 더욱 조여드는 올가미 같은 것. 아, 그러기에 한 수레 가득 숙명으로 실어 허기진 통곡으로 저승까지 끌고 가야만 하는 것.
— 양명학의 「사랑에 대한 연가」 중에서

　민수를 떠나보내던 날, 관 속에 「사랑에 대한 연가」와 같은 시 한 편을 넣는 건데 그러질 못했다. 늦었지만 저승에서 쉬고 있는 민수가 오늘 보내는 이 시를 춘자가 보낸 것처럼 생각하고 읽어 주었으면.

금연선서식 주례

담배 연기는 참으로 매력적이다. 갓 끓인 원두커피 잔 위로 담배 연기를 뿜어 보면 가히 환상적이다. 하늘거리는 김과 연기가 만나 서로 몸을 비틀며 애무하면서 무한 공간으로 사라지는 저 비밀스런 몸짓. 커피와 담배는 맛보다는 그들이 펼치는 춤사위가 너무 좋아 나도 모르는 사이에 서서히 빠져 들고 말았다.

영화 〈카사블랑카〉의 명우 험프리 보가트가 초조한 기색으로 공항에서 담배 한 모금을 빨아들이는 멋진 모습, 사랑하는 라라를 만나기 위해 시베리아의 눈길을 걸어 겨우 도착한 연인의 집 현관에서 문득 담배 한 개비를 빼어 무는 오마 샤리프의 짙은 눈빛, 어머니를 만나기 위해 달리는 화물열차 지붕에 앉아 청바지 주머니에서 꺼내 피우는 제임스 딘의 〈에덴의 동쪽〉. 영화 속 영웅들의 담배 피는 장면은 상상만으로도 그렇게 멋스러울 수가 없고 지금도 기억만으로도 그 감동은 오래오래 지속되고 있다.

대학 일학년 때인 열아홉부터 담배를 피우기 시작했다. 멋진 배우들의 흉내를 내고 싶었다. 무엇에 한 번 맛을 들였다 하면 깊이 빠져 드는 습성 때문에 쉽게 골초가 되었다. 값싼 담배를 하루에 한 갑 이상 피웠다.

이학년 여름방학 때 지리산 종주에 나섰다가 일주일치 담배가 비에 젖는 바람에 산행 기간 내내 담배 한 대 피지 못한 적이 있었다. '피울 것인가 말 것인가'로 고민하다 파이프 담배를 피우면 될 것 같아 그 길을 택하기로 했다. 그러니까 초로의 노인들이 멋으로 피우는 파이프 담배를 머리에 피도 마르지 않은 이십대 초반부터 흉내를 내기 시작했다.

글 쓰는 일을 직업으로 선택한 후 담배를 끊을 이유를 발견하지 못했다. 삼십 수년의 세월이 흐르는 동안 원고지를 앞에 두면 담배와 재떨이는 필수로 따랐다. 집 안 구석구석은 담배 연기로 절었고 양복과 넥타이는 담뱃재가 떨어져 구멍이 숭숭 뚫리지 않은 게 없었다. 몸을 덮고 있는 옷이 이럴진대 하루도 쉬지 않고 빨아들이는 연기는 몸을 망가뜨리고 있었지만 담배와의 정을 쉽게 끊을 수는 없었다.

미국 사람들은 술을 마시면서 피우는 줄담배를 '죽음의 키스(kiss of death)'라고 부른다. 그러니까 죽음의 키스 위에 커피까지 과도하게 끼었었으니 기호품의 탐닉이 정말 단명을 재촉하는 것 같았다. 담배를 끊을 궁리를 하다가 묘안 하나가 떠올랐다.

"얘들아. 아버지는 오늘 아침 이 시각부터 담배를 끊기로 했다.

그 결심을 지키기 위해 너희들 앞에서 오른손을 들고 선서를 하게 된 것이다. 그런데 조건이 있다. 너희들도 앞으로 담배를 피우지 않겠다고 약속해야 한다. 이 선서는 아버지의 맹세에 너희들의 금연 약속을 연대로 보증해야 효력이 발생된다는 것을 분명히 해 둔다. 알겠제."

담배 피운 지 삼십 년이 지난 쉰하나에 선수 대표처럼 아이들 앞에서 선서를 한 덕분에 담배를 끊을 수 있었다. 꿈속에선 마음껏 담배를 피울 수 있었지만 깨어 있는 시간에 무시로 느껴지는 그 아찔한 유혹을 참아 내기란 여간 어려운 일이 아니었다. 그러나 아이들 앞에서 손들고 맹세한 경솔한 행동을 여러 번 후회한 적도 있었지만 약속을 파기한다는 것은 아비의 자격을 잃는 것 같아 이를 악물고 참다가 때론 웃으면서 견디며 그렇게 버텨 냈다.

이 일이 있고 난 후 서부영화의 주인공처럼 문밖을 나설 때 총과 실탄을 쟁여 넣는 일과 똑같은 담배와 라이터 챙기기를 더 이상 하지 않아도 되었다. 넥타이도 멀쩡해지기 시작했고 양복에도 구멍 날 일이 없었다. 깊은 계곡의 맑은 물만 보면 연기의 집중포화에 시달리던 허파를 끄집어내 맑은 물에 헹궜다가 다시 넣고 싶은 그 생각까지 서서히 없어지기 시작했다.

이 세상에 태어나 가장 잘한 일이 담배를 끊은 일이다. 가장 잘못한 일은 담배를 피운 일이다. 그 외에도 잘못한 일은 수없이 많지만 부끄러워 입 벌려 말하지 않으려 한다.

우리 동네에도 금연교실이 열리면 한번쯤 강사로 나서고 싶다. 아들과 손자들은 단상에 세우고 아버지와 할아버지들은 단하에 서게 하여 오른손을 번쩍 들고 금연 약속을 하게 하는 선서식의 주례를 맡고 싶다.

놓아 잃은 슬픔

자식은 무엇인가. 보물인가 원수덩어리인가. 자식은 누구에게도 물려줄 수 없는 귀물일 수도 있고 그 반대일 수도 있다. 이 세상에 자식만큼 소중한 것이 없지만 교육과 환경이 잘못되거나 금전적인 문제로 말썽이 생겼을 경우엔 부자지간이란 천륜도 때론 없었던 것으로 되돌리고 싶은 경우도 있다.

흔히 자식을 농사에 견주곤 한다. "그 양반은 자식농사 하나는 잘 지었더구먼"이라든지 아니면 "아따, 자식농사는 완전 폐농이네"란 극단적 표현이 자식을 가운데 두고 보물과 원수를 구획 지어 주는 예문이기도 하다.

공직에서 은퇴하는 사람들에게 "일시불 받지 말고 연금 신청을 하라"라는 주위의 당부는 "자칫 일시불을 받았다간 자식들에게 몽땅 뺏길 수도 있다"라는 속뜻이 포함되어 있음을 부인할 수 없다. 일시불로 받은 연금을 털어가 나중에는 철천지원수로 변할지언정 부모에게 있어 자식은 여전히 보물일 수밖에 없는 것이다.

요즘 세태는 많이 변했다. 보험금을 노려 아비와 어미를 죽이는 경우가 비일비재하고 패륜 자식을 사직당국에 고발하는 경우도 빈번하다. 짐승들 사회에선 있을 수 없는 광경이 무작위로 저질러지고 있으니 만물 중에서 가장 우월한 인간 사회가 '짐승만도 못한 사회'로 전락해 가고 있는 지가 오래되었다.

옛글에서 「죽은 자식을 곡하는 글」을 읽어 보자. 강진에서 귀양살이를 하던 다산이 네 살짜리 막내아들 농아(農兒)가 홍역으로 죽자가 볼 수조차 없는 처지에서 지은 눈물 나는 글이다. 농아 이전에도 이미 다섯 자식을 가슴에 묻은 다산의 부정(父情)이 행간 행간마다에 푹 배어 있는 빛나는 산문이다.

농아는 내가 부사로 있던 곡산에서 잉태하여 서울에서 태어났다. 코 왼편에 작은 점이 있는 농아는 깎아 놓은 듯이 예뻤고 총명했다. 농아의 저승 기별을 듣고도 귀양 사는 몸이라 가 보지도 못하고 제 형을 무덤으로 보내 곡하게 하고 아비가 지은 글을 읽어 주게 하였다.

네가 세상에 온 것이 겨우 세 해인데 나와 헤어져 지낸 것이 두 해다. 사람이 육십 년을 산다면 사십 년 동안 아비를 보지 못한 셈이다. 슬퍼할 만하다. 죽는 것이 사는 것보다 나은 나는 멀쩡하게 살아 있고 사는 것이 죽는 것보다 나은 너는 죽었으니 가엾도. 너를 대신하여 내가 죽었으면 기쁘게 황령을 넘어 열수를 건넜을 터인데 말이다. 네 어머니 편지에, 네가 '아버지가 내 곁에 돌아오셔도 이렇게 열이 나는 마마에 걸렸을까?'라고 물었다더구나. 네 곁에 갈 수 없는 아비에게 의지할 마음을 먹었던 게로구나. 너의 소원이 이뤄지지 못한 것이 몹시 가슴 아프다.

다산의 글은 계속된다. 농아를 대신해서 자신이 죽을 수만 있다면 한 번 건너가면 돌아올 수 없는 레테 강을 바지를 걷지 않고 건너겠노라는 다산의 자식사랑은 이렇게 절절하다.

신유년(1801년) 겨울, 과천의 객점에서 네 어머니가 나를 전송할 때 "저분이 네 아버지시다"라고 했더니 너는 나를 가리키며 "저분이 내 아버지"라고 말했었지. 입으로는 아버지라 말했지만 너무 어려 아버지의 의미와 정을 몰랐을 터이니 그것 또한 슬프구나. 너는 강진에서 사람이 올 때마다 아비가 보내줄 것으로 기대했던 소라껍질 갖기를 소원했지만 번번이 빈손이어서 낙담하곤 했다는 소식을 늦게 들었다. 죽을 때가 되어서야 소라껍질을 받아들고 좋아했다니. 아! 마음이 찢어지는 아픔을 느낀다. 이 글을 쓰면서 너를 보고 있다. 웃을 때 유난히 뾰족한 네 양 어금니가 훤히 보인다. 사랑스러운 것. 집에서 온 편지에 생일날 작은 무덤에 묻혔다고 적혀 있더구나. 아!

이렇듯 홍역으로 죽은 아들을 가슴에 묻은 다산은 훗날 천연두를 치료하는 방법을 기술한 『마과회통(麻科會通)』이란 책을 지었다. 궁형을 당한 사마천이 절망을 딛고 『사기(史記)』를 저술했듯 다산도 농아를 잃은 슬픔을 저술로 달랬나 보다.

나의 아버지는 네 살 때, 내 생일날 저녁에 돌아가셨다. 벼슬을 못했으니 일시불로 탈 퇴직금이 있을 턱이 없고 관직에 있지 않았으니 귀양살이도 물론 하지 않았다. 아들인 나도 마마를 앓지 않았다. 소라껍질 같은 소꿉 사 주기를 소망하지도 않았다. 그런데 왜 아버지는 갑자기 돌아가셨을까. 농아를 잃은 다산처럼 가슴이 저리다. 농아처럼 나도 아버지가 보고 싶다.

그림 몇 점, 토기 몇 점

나는 동성받이들이 모여 사는 문중에서 태어나지 않았다. 집성촌 어른들로부터 가문의 전통과 가례의식을 배우지 못한 채 유년을 보냈다. 그것도 그럴 것이 네 살 되던 해 아버지가 갑자기 돌아가셔서 유가(儒家)의 예절과 법도를 전수받을 길이 없었다.

어머니는 독실한 크리스천이었다. 나는 태중 교인으로 기독교 교육을 받으면서 자랐기 때문에 오로지 '하나님 아버지'만 알았지 '공자 어른'은 몰라뵈었다. 계명을 철저하게 지키셨던 어머니는 아버지 묘소 앞에서 큰절 올리는 것도 "내 앞에 다른 신(神)을 두지 말라"는 계율로 적용하여 엄격히 금지했다. 고향의 무학산 기슭 산소에는 아들의 큰절 한 번 받아 보지 못한 채 '다른 신'으로 취급되고 있는 아버지가 수십 년째 그곳에 누워 계신다.

성장하면서 힐긋힐긋 어깨너머로 배우긴 했어도 지금도 큰절 할 때 어느 손등을 위에 올려야 하는지는 여전히 헷갈린다. 또 종택(宗宅)이나 반가(班家)의 어른들을 만났을 때 고어(古語) 투의 물음에 대한 적절한 답변을 드리기가 어려워 여러 가지로 미숙함을 느낀다.

사위될 청년을 만난 어른이 "시하(媤下)씬가" 하고 물었다. "집에 어른이 계시는가"라는 반가의 인사법이다. 그런데 청년은 "시아이시(CIC)가 아니라 에이치아이디(HID)에서 근무하고 있습니다"라고 대답했다는 우스갯소리가 있다. 내가 그런 질문을 받았다면 뭐라고 대답했을까. '소총소대 소대장입니다'고 대답했을까.

나는 어릴 적부터 외톨이였다. 먼 윗대 할아버지는 농사일이 싫었던지 시골의 문중을 떠나 대구란 도시 근교에 정착하셨다. 슬하에 태어난 자녀들은 다시 뿔뿔이 흩어졌는데, 그중 한 분이 나의 고향이 된 하양에 터를 잡았고, 그 후론 "아브라함이 이삭을 낳고 이삭이 야곱을 낳듯" 마태복음 제일장에 쓰여 있는 것과 같이 아버지가 아들을 낳고 아들이 또 아들을 낳고 낳아 이렇게 내가 존재하는 것이다.

고향에는 구(具)가 성을 가진 집은 단 세 집뿐이었다. 우리 집만 농사에 매달렸을 뿐, 한 집은 참기름 가게를 했고 또 한 집은 시장의 쌀가게 안에서 국밥집을 열고 있었다. 그들의 윗대 어른들은 어디에서 무엇을 하다 이곳까지 흘러왔는지 궁금하긴 했지만 물어볼 수는 없었다. 그래도 같은 피를 타고난 일족(一族)의식이 작용한 탓인지 만나면 반가웠고 항렬이 높으면 "아제요" 하고 불렀다.

활(活)이란 내 이름에서 서늘한 바람의 기운을 느낀다. 때론 뜨거운 불의 기운도 느껴진다. 그건 아마 조상의 혼이 서려 있는 문중에 뿌리를 내리지 못한 윗어른들의 유전자 탓이리라. 바람처럼 떠돌아 다니면서 낯선 곳에 발붙여 살려면 불과 같은 강인한 에너지가 반드시 필요했으리라. 나는 지금도 그렇게 생각한다. 내 이름인 활 자 한 자만 지니면 자갈밭에 붉은 장미를 꽃 피울 수 있으리라고.

그런데 살면서 주위를 살펴보니 모자라는 게 너무 많았다. 윗어른들의 손때 묻은 추억의 물건이 전혀 없었다. 그동안 살아오면서 이사를 서른 번쯤 했다. 요즘처럼 아파트에서 아파트로 이사를 가는데도 많은 물건을 버려야 하지만 시골에서 도회지 셋방으로 터전을 옮기려면 이불과 숟가락을 빼곤 죄다 버려야 한다. 어머니는 자식들의 교육을 위해 논을 팔아 도시로 진출했다가 다시 낙향하여 재도전 끝에 고향 집을 팔아 이곳 대구에 정착한 아픈 기억을 갖고 계셨다.

철이 들고 나서 온 집을 뒤져 아버지의 혼이 서려 있을 물건들을 찾아봤지만 낡은 구두 숟가락 한 개와 실패로 변한 송판 쪼가리 문패뿐이었다. 그 구둣주걱과 문패에는 일제강점기 때 창씨개명의 흔적인 요시다(吉田)란 일본 성씨가 날카로운 칼날로 홈이 파져 있었다. 자칫 나라를 빼앗겼으면 '빼앗긴 들의 봄'처럼 내 이름도 구활이 아닌 요시다 상의 아들 요시다 활(吉田 活)이 될 뻔했다. 다행하게도 빼앗긴 들을 되찾아 가르마 같은 논길을 따라 하루를 절며 걸을 수 있듯이, 내 이름으로 이 글을 쓰고 있으니 얼마나 행복한가.

두 점의 소품 외에 아버지께서 땅문서를 넣어 보관하던 가죽가방 하나가 내 서재에 보물처럼 버티고 있어 그나마 위안을 얻는다. 그

가방은 실용적이어서 항상 버리는 물건에서 제외되는 영광을 얻어 오늘까지 나와 함께 같은 길을 가고 있는 도반 구실을 톡톡히 하고 있다. 나도 그 가방 속에 땅문서를 비롯하여 유가증권들을 차곡차곡 쟁여 두고 살았으면 좋으련만 옛 선인(先人)들의 문자향(文字香)이 나는 서첩 몇 권만 빈 공간을 지키고 있을 뿐이다.

역사는 반복된다고 한다. 나중 아이들이 자라서 아버지를 기념할 만한 추억의 물건들이 없다면 그것 역시 몹시 슬픈 일일 것 같았다. 그래서 역사 만들기 작업을 시도했다. 역사라고 하니 거창한 것 같지만 사실은 추억이 될 만한 잡동사니들을 여기저기 흩어 놓는 일을 시작해 보기로 한 것이다.

첫 작업은 고서화를 수집하는 일이었다. 수집하는 일에도 공부가 필요했다. 화가들의 화첩을 뒤적이며 그들의 생애와 작품을 두루 살펴보는 것도 보통 힘드는 일이 아니었다. 남들이 주식시장에서 서성거릴 때 나는 화랑을 돌아다니며 문인화 한 점, 글씨 한 폭 챙기고는 좋아라 했다.

욕심이 과해지기 시작했다. 고서화 취미가 한국화로 건너뛰었다가 급기야는 서양화 쪽으로 기울기 시작했다. 푼돈 몇 닢으로 해결되던 문화의 허기가 서양화에 눈뜨기 시작하자 보너스 전액을 던져도 마음에 드는 소품 한 점 얻기가 어려웠다. 그 와중에 민속품과 토기까지 눈에 밟히는 것은 무리해 가며 손에 넣었으니 주머니는 만날 빈털터리였다.

좁은 내 집에는 이런 옛 물건들이 군데군데 숨어 있다. 나는 그걸 소중한 추억의 물건들이라고 귀하게 여기고 있지만 아내와 아이들은 그렇지 않은 모양이다. 최근에는 거실의 장 속에 들어 있는 '토기들을 치워 버리면 어떻겠느냐'는 압력을 받았다. 나는 살 줄은 알지만 팔 줄은 모른다. 정말 큰일이다.

다락방에는 적금을 들다 해약하여 매입한 글씨와 그림들이 널려 있는데 그걸 정리해 달라니 이것 참 큰일 났다. 죽기 전에 책과 사진은 미리미리 없애고 가는 게 좋다는 글이 인터넷에 돌아다니더니 그게 슬금슬금 내 앞으로 닥쳐오고 있으니 보통 문제가 아니다.

신문기자 아버지를 둔 후배가 "아버지가 돌아가시고 나니 땅문서는 한 쪽도 없고 양복 오십 벌에 외제 넥타이 백 개 정도가 남았습디다"라는 말이 문득 생각난다. 나는 죽을 욕을 봐 가며 이룬 추억의 물건을 두고 우리 집 아이들은 뭐라고 말할까. "그림 몇 점, 토기 몇 점 외엔 아무것도 없어요."

일본 쓰나미 현장에선 추억의 물건 찾기가 한창인데 우리는 한복입은 여인이 호텔에서 쫓겨나고 있으니 이를 어쩌나. 그림 몇 점, 토기 몇 점이라, 아!

술 익어야 지게미나 얻어먹지

고향집 서쪽 옆집에는 선뎅이가 살았다. 어머니는 내보다 몇 살 위인 선동(先童)이를 '선뎅이'라고 불렀다. 그렇게 불러야 더 친밀감이 느껴지는지 어쨌는지는 물어보지 않았다. 뒷집에는 태득이가 살았고, 동리 입구 부면장 집 옆집에는 동급생인 '나쁜이'가 살고 있었다. '나쁜이'는 동네에서 나쁜 짓만 골라 하고 다녔기 때문에 학교 출석부에 병하라는 이름이 버젓이 있는데도 어른 아이 할 것 없이 그를 '나쁜이'로 불렀다.

'나쁜이'는 말총 빼기 선수였다. 여름철 포플러 나무에 매미가 울기 시작하면 '나쁜이'는 말총을 한 움큼씩 갖고 다니며 마음에 드는 아이들에게 몇 가닥씩 나눠 주었다. 우리는 말총 중에서도 백말총을 최고로 쳤는데 그것으로 올가미를 만들면 매미 눈에 잘 뜨이지 않기 때문이다. '나쁜이'는 나에게는 백말총을 주면서 "떨어지면 언제든지 이야기해라"라며 나를 아주 친한 친구로 대접해 주었다.

'나쁜이'의 말총 빼기 수법은 신기에 가까웠다. 〈픽 포켓〉이란 외국영화 속에 나오는 소매치기들과 비슷한 수법을 썼는데, 말들은 전혀 아픈 줄도 모르고 자신의 귀한 말총을 뽑히고 있었다. '나쁜이'는 대나무 작대기에 뾰족한 못을 박아 말의 배를 슬슬 긁어 주다가 갑자기 콕 찌르면서 깜짝 놀란 말의 꼬리털을 뽑곤 했다. 능숙한 간호사가 엉덩이를 톡 치면서 주사 바늘을 찌르는 원리와 같은 것이었다.

'나쁜이'와 나는 하학 후에 동리 앞 공설운동장에서 공놀이를 하고 놀았다. 그런데 '나쁜이'는 내보다 공받기를 잘 못했다. 공중에 높이 뜬 공을 받으려다 자주 넘어졌다. 말총 뺄 때는 민첩하기 짝이 없는 '나쁜이'가 공받기에 우둔했던 까닭을 한참 나중에야 알았다.

'나쁜이'는 점심을 굶었다. 요즘 말로 결식아동이었다. 그의 어머니는 동네 술도가에서 단지를 씻는 허드렛일을 하고 있었다. '나쁜이'는 아예 점심을 못 먹거나 배가 고파 못 견딜 때는 그의 어머니가 일터에서 얻어 온 술지게미를 사카린 물에 풀어 훌훌 마시고 공놀이에 나왔던 것이다. 그러니까 '나쁜이'가 공받기를 하다가 자주 넘어진 것은 그가 지게미에 남아 있던 술기운에 취해 있었거나 아니면 배가 고파 허방을 디뎌 넘어진 것이다.

오늘 아침 갑자기 고향의 옛 친구인 '나쁜이' 이야기를 하게 된 것은 다산 선생의 글을 읽다가 "이웃집 술 익어야만 지게미나마 얻어먹지"라는 구절이 눈에 띄어 어릴 적 운동장에서 엉덩방아를 자주 찧던 그가 불현듯 생각난 것이다.

돌냉이 싹도 깊이 박혀 땅 녹기를 기다리고
이웃집 술 익어야만 지게미나마 얻어먹지
지난봄에 꾸어 먹은 환자가 닷 말이라
이로 인해 금년은 정말 못살겠구나.
아아, 이런 집들이 온 천지에 가득한데
구중궁궐 깊고 깊어 어찌 모두 살펴보랴.
——「봉지염찰도적성촌사작(奉旨廉察到積城村舍作)」

다산은 1793년 10월 서른셋의 젊은 나이에 경기 북부지역인 연천·적성·마전·삭녕 등 네 고을을 염찰하라는 암행어사 발령을 받고 백성들의 고혈을 빨고 있는 탐관오리들을 징치했다는 기록이 역사에 자상하게 기록되어 있다.

지방 곳곳을 돌아다니며 백성들의 억울한 사정을 듣고 "이웃집 술 익어야만 지게미나마 얻어먹는" 고단한 민중들의 삶을 시로 읊었던 다산의 고매한 인품이 따뜻하게 느껴진다. 아마 다산이 암행어사로 활동했던 지역의 탐관오리들은 '어사출두'라는 호령 소리를 듣고는 혼비백산하여 재물을 쌓아둔 곳간으로 피신한 자가 부지기수였으리라.

다산은 조금만 높은 지위에 오르면 권력에 도취되어 온갖 비리를 저지르고도 오리발만 내미는 요즘 벼슬아치들과는 달리 수탈과 착취에서 허덕이는 민중을 해방시키려는 노력을 부단히 기울여 온 선비다.

다산이 살았던 십팔 세기에도 '지게미'는 가난한 사람들의 양식이었고, 내 어릴 적 '지게미'는 친구 '나쁜이'의 점심이었다. 지금도 '지게미' 한 사발이 없어 점심을 굶고 있는 결식아동은 수없이 많다. 우리나라에는 지게미도 모르고 풍류도 모르는 사람들이 정치를 하고 있다.

구활(具活)

경북 경산 하양에서 태어나다. 매일신문 문화부장 논설위원
을 지내다. 수필집 『그리운 날의 추억제』 『아름다운 사람들』
『시간이 머문 풍경』 『하안거 다음날』 『고향집 앞에서』 『바
람에 부치는 편지』 『선집 정미소 풍경』 『선집 어머니의 텃
밭』 『어머니의 손맛』 등을 출간하다. 현대수필문학상, 대구
문학상, 금복문화예술상, 원종린문학대상 등을 수상하다. 방
일영문화재단, 한국문화예술진흥위원회, 대구경북연구원 등
으로부터 저술지원금을 받다.

풍류의 샅바

구활 수필집

초판 1쇄 발행일 —— 2012년 12월 12일

발행인 —— 이규상

편집인 —— 안미숙

발행처 —— 눈빛출판사

　　　　서울시 마포구 상암동 1653 이안상암 2단지 506호

　　　　전화 336-2167 팩스 324-8273

등록번호 —— 제1-839호

등록일 —— 1988년 11월 16일

편집 —— 김보령·성윤미

인쇄 —— 예림인쇄

제책 —— 일광문화사

값 12,000원

ISBN 978-89-7409-947-3

www.noonbit.co.kr